龙凤铭 ◎ 著

龙吟凤鸣

文集

中国文联出版社
http://www.clapnet.cn

图书在版编目（CIP）数据

龙吟凤鸣文集 / 龙凤铭著 . —北京：中国文联出
版社，2019.4
ISBN 978-7-5190-4136-6

Ⅰ.①龙… Ⅱ.①龙… Ⅲ.①诗集—中国—当代
Ⅳ.①I227

中国版本图书馆 CIP 数据核字（2019）第053306号

龙吟凤鸣文集

作　　者：龙凤铭　著		
出 版 人：朱 庆		
终 审 人：朱彦玲	复 审 人：刘 旭	
责任编辑：闫 洁　王 萌	责任校对：郝圆圆	
封面设计：中尚图	责任印制：陈 晨	

出版发行：中国文联出版社

地　　址：北京市朝阳区农展馆南里10号，100125

电　　话：010-85923043（咨询）85923000（编务）85923020（邮购）

传　　真：010-85923000（总编室），010-85923020（发行部）

网　　址：http://www.clapnet.cn　http://www.claplus.cn

E － mail：clap@clapnet.cn　yanj@clapnet.cn

印　　刷：河北盛世彩捷印刷有限公司

装　　订：河北盛世彩捷印刷有限公司

法律顾问：北京市德鸿律师事务所王振勇律师

本书如有破损、缺页、装订错误，请与本社联系调换

开　　本：710×1000		1/16	
字　　数：240千字		印　　张：22.5	
版　　次：2019 年 4 月第 1 版		印　　次：2019 年 4 月第 1 次印刷	
书　　号：ISBN 978-7-5190-4136-6			
定　　价：46.00 元			

当我，

奔跑于广阔的原野；

当我，

驻足于静谧的花丛；

当我，

仰头望浩瀚的宇宙；

当我，

低头思远方的亲朋；

……

绚丽无比、张弛有度的生活迷我，诗歌由此而生！

当我，

卸下了尘世的喧嚣；

当我，

洋溢着天真的笑容；

当我，

怀揣了满心的欢喜；

当我，

飞奔至睿智的男神；

……

温暖无比、宠溺有加的眼神迎我，诗歌由此而生！

因为——

一些人，

一些事，

一个个场面，

一处处景色，

我笑了，我哭了；

我怒了，我乐了；

我陶醉了，我悲伤了；

我爆发了，我隐忍了；

……

诗歌由此而生！

与生活同在，与生命同在。

　　没错，诗歌与生活同在，诗歌与生命同在，它的内容没有深浅之分，它的格式没有正误之分；它可以是情怀、它也可以是心境，它更可以是宣泄，它甚至可以是咱们想说而又不能说的话语；它真实、它纯洁，它无需要任何修饰，因为它就是生活，值得我们去热爱、去敬畏的生活。

　　本书的诗歌内容完全来自生活，为了便于大家阅读，我将其分成了八个篇章，它们分别是：

　　第一部分：琴瑟和鸣爱情篇（你的万事顺意，永远是我的晴空万里）。在这个篇章里，有思思心动，有念念不忘，有惴惴不安，有浓浓思念……有一切与爱情相关的真实写照，如果您正准备恋爱或者正在恋爱，抑或是永远活在爱情里，邀您一起细细品味此章，期待共鸣。

　　第二部分：血浓于水亲情篇（声声问候暖，悠悠思念浓）。在这个篇章里，都是与亲情相关的诗句，有对母亲的爱，有对父亲的爱，有对兄弟姐妹的爱，有对子女的爱……总之都是暖暖的，好贴心。如果您也跟我一样爱自己的家人，邀您一起走进亲情的世界。

第三部分：**志同道合友情篇**（时间冲不淡友谊的酒，距离拉不开友谊的手）。在这个篇章里，都是一起笑过，一起闹过，一起疯狂过，一起放肆过的小伙们的缩影，他们是谁？他们是我们生命中重要的组成部分：朋友。相信您朋友很多，请您一起感受吧！

第四部分：**良师益友师恩篇**（知足常乐不忘本，厚德载物报师恩）。在这个篇章里，有我们值得一辈子去感恩的人，那就是老师，正所谓"读万卷书，不如行万里路；行万里路，不如阅人无数；阅人无数，不如名师开悟"。让我们一起种下对老师的感恩之情。

第五部分：**学海无涯学习篇**（悟其表 悟其里 悟其神 悟其道法自然）。在这个篇章里，有吸天地之灵气，有品生活之百态，有读书本之精华……有一切与学习息息相关的场景，如果您也对学习感兴趣，让咱们一起打开学习的大门吧！

第六部分：**建功立业工作篇**（正己兴邦利国家，润物天下你我他）。在这个篇章里，我们来到了生活的战场：职场，无论您是指挥千军万马的将军；还是擅长运筹帷幄的谋士；或是习惯披荆斩棘的先锋；抑或是默默全力以赴的士兵；您的魄力、您的睿智、您的勇猛、您的执着……您的与工作相关的一切，在此篇章中也许能够感受到，期待遇到您。

第七部分：**五彩斑斓生活篇**（赏苍穹之美景，悟天下之得失）。在这个篇章里，有我们对美景的赞叹、有我们对生活的感悟、有我们对家乡的感怀……一切的一切告诉我们，生活如此美丽，无论是好的坏的，我们都应该积极去拥抱它、感受它。

第八部分：千祥云集赏析篇（跬步千里，聚沙成塔）。在这个篇章里，您会看到各种风格的诗歌，它们来自于不同伙伴之手，在此特别感谢陈亮亮老师、于邦志老师、陈玉祥老师、丁晓宇老师、吴伟唯老师、李连志师弟、张慧婷小朋友。感谢您们的付出和分享，正所谓"独木不成林，一花难成春"，我想给大家一整片树林和一整个春天，所以特意加了此篇章，也邀请感兴趣的伙伴一起携手，快乐前行，跬步千里，聚沙成塔。

"白日依山尽，黄河入海流。欲穷千里目，更上一层楼。"
一个三四岁左右的小姑娘，扎着两个小羊角辫，站在众人中央，大声背诵着王之涣的《登鹳雀楼》，紧接着传来一阵阵掌声。小姑娘背完之后调皮地一吐舌头，对着她的叔叔说："叔叔，我背完啦！"叔叔笑盈盈地说："真棒！来，奖励你一勺糖。"他从柜子里小心翼翼地抱出一个罐子，用小汤勺舀了一勺白砂糖放在干净的本子纸上，本子纸被折成了一个封闭的小漏斗状，像极了现在的小甜筒。小姑娘接过糖，一蹦一跳地跑出去找小伙伴们玩了。

这个小姑娘就是我，在八十年代的湘北农村，经济条件非常落后，没有幼儿园，早教就是从背诗词开始的，记忆中这个场景经常还会在梦中浮现，在这个场景中我知道了李白、杜甫、白居易、陆游、孟浩然、李清照……叔叔是我们上一辈中文化水平最高的（高中），所以教我们背诗词都是他，我的兄弟姐妹们都非常尊敬他，是他开启了我们知识的大门、诗词的大门。让我们在乡间小道上、在崇山峻岭中、在鸟语花香中总会想到一些美好的诗句，幸福快乐地、自由自在地玩耍并学习着。

　　我渐渐长大，因为经济条件差，只能辍学，来到了我职业生涯的第一站——深圳。那年我不到18岁，看着高楼林立的大城市及城市中品早茶喝咖啡的人们，与老家土房瓦顶的小乡村及面朝黄土背朝天的家人们形成了强烈的对比，我的心里很不是滋味，我告诉自己一定要奋斗，要改变命运，最起码要做到少有所学、老有所医、自有所属。于是我开始了一边工作一边学习的步伐，把别人一天的时间当作三天来用，在学习中通过勤奋逐步完成了大学、研究生以及去海外名校游学的历程；在工作中通过努力每两年一个跨度：18岁出身于流水线；20岁成为外企的部门经理；22岁成为国企的部门经理；24岁成为上市民企的总经理助理；26岁成为上市民企的营销总监；28岁成为上市民企的副总经理；30岁正式开始创业，目前拥有三家自己的小公司，并利用空闲时间分享自己的职场经历与实战经验。在奋斗的路上，并非是一帆风顺的，再加上只身在异乡闯荡，更是难上加难，于是写作诗文便成了我的精神慰藉。曾记得最难的那段时间是考研前夕，三座大山压在身上：第一座大山为工作，时任一家公司的营销总监，对公司整个团队的业绩负责；第二座大山为生活，那时先生在外地工作，一家老小跟我待在一个城市，大女儿刚上幼儿园，需要很多照顾；第三座大山为学习，因为没有经过正规的教育，为了考研能成功，不得不付出别人双倍，甚至三倍的努力。三座大山压在一起，让我每天的睡眠不足五小时，每天都在疲惫中不知不觉趴在书桌上睡着了。那个时候，我不断地给自己一个声音：龙儿，坚持！龙儿，坚持！龙儿，坚持！（龙儿是我的笔名），也有了那时表达心情的诗文：

《龙儿，坚持！》

——写于2012年考研前夕

我知道

无数个繁忙的白天

你在客户与员工中来回

我知道

无数个寂静的夜晚

你在书本与试卷中穿梭

我知道

无数个紧张的假日

你在甲地与乙地间过往

龙儿，你累吗

不用回答

虽然满是阳光的笑容

却总是掩盖不住深深的疲惫

午夜过后

你总是在不经意中

沉沉地睡去

清晨却仍旧责怪自己

怎么会那么早睡去

还有太多的事情没有处理

也梦想休闲的假日

能被他牵着

前言 完美生活，除了奋斗，还有诗和远方

游历千山万水

我期待着

所以我努力着

或许上天没有给你太多

比如才能

比如财富

但是至少给了你自信和坚强

因为上帝知道这对你才是最重要的

龙儿，坚持！

在诗文的鼓励下，我坚持下来了，终于圆了我梦想中的名校梦，跨进了梦寐以求的同济大学，当录取通知书下来的那一刻，我不知道如何去形容我当时激动的心情，却在诗文中找到了答案：

《你来了》

——2013年写于同济大学MBA录取之时

轻轻地

你来了

长着翅膀的天使

来到了我的手上

静静地

你来了

怀揣若狂的欣喜

藏到了我的脸上

暖暖地
你来了
穿过黎明的黑暗
住到了我的心里

你来了
我格外珍惜
定会全力以赴
追寻你的真谛

诗文一直伴随着我成长，也让我从中收获了自己的幸福，他踏香而来，住到了我的梦里，藏到了我的心里。

《因为书香》

那一天
第一次见到你
整齐的牙齿浅浅的笑
手里捧着工作笔记
感觉到一股子书香气

那一天
第一次你找我帮忙
整理你平时收集的资料
我仔细地整理
嗅闻到一股子书香气
那一天
第一次你送我礼物

硬壳笔记本加俊朗的字
我把脸藏在本子里
感受到无比熟悉的书香

那一天
第一次我们约会
没有牵手
却不约而同地走进图书馆
享受着午后的书香

那一天
第一次我们小别
我把思念汇集成一本书信
你月下从背后揽着我听我读信
陶醉着浪漫的书香

那一天
你又一次赶早出差
贴近我睡意蒙蒙的脸呢喃
宝贝床头又留了几本好书
延续着绵长的书香

因为书香
你我天天向上
你我惺惺相惜
你我比翼双飞
你我不离不弃

我的爱情并不华丽，但我却深深为之着迷，有他的一年四季，我的生活变得更加甜蜜。

《四季之恋》

在春季
我想做那绵绵细雨
一滴一滴洒在你的心里
当你需要我的时候

在夏季
我想做那暖暖阳光
一缕一缕掠过你的发丝
当你需要我的时候

在秋季
我想做那累累硕果
一个一个投向你的怀抱
当你需要我的时候

在冬季
我想做那皑皑白雪
一片一片亲过你的脸颊
当你需要我的时候

一年四季
有你的日子

温柔着你的温柔

热烈着你的热烈

充实着你的充实

美丽着你的美丽

"不忘初心，方得始终"，虽然身在异乡，但是对家乡的那份情怀从未减少过一分。因为那里有太多我爱的人和爱我的人，有太多美好的回忆，甚至是血液中都流淌着那一股子湘人的"霸蛮"之气。无论工作和学习再繁忙，我每年都会抽时间回去两三次。我爱我的家乡，哪怕它在中国的版图中毫不起色，但它仍旧是我的骄傲。

《家乡·家乡》

踏家乡之热土

登万丈之高峰

眺辽阔之田野

享天地之灵气

聚万千之嘱咐

现最初之梦想

家乡，家乡

淳朴之民情

纯净之心灵

魂牵之梦绕

思念之绵长

诗文让我变得越来越快乐，因为它让我结识了一大群值得相知相依的小伙伴，大家一起努力、一起奋斗，一起学习、

一起玩耍、一起去触摸自己内心的梦想，在生活中架起万丈
彩虹。

《人生·万丈彩虹》

——写给我的团队

赚一时利易
聚一帮人难
得一人心艰
守一世艰辛
我们一起
确认过眼神
走进彼此的世界
便再也不想分开

我们坚信
遇到对的人
才能做对的事
一起将对的事情做好
不断精益求精做得更好

前方是繁花似锦
抑或是荆棘密布
可能还有
两侧的冷嘲热讽
那又怎样？
我们的芳华
我们的年轮
我们的勤奋

我们的努力

我们的执着

我们的专注

我们彼此紧握的双手

我们成就众人的真心

都已在我们的生命中架起万丈彩虹

当我抬头看彩虹，露出孩童般幸福的微笑，很多人都问我："龙老师，您经历了这么多苦难，为何脸上没有留下抱怨和沧桑？"我只想告诉他们这一切都是诗文赋予我的。如果说硬要给我的生活做个总结，那么它就是：生活＝奋斗（行动）＋诗歌（情怀）＋远方（梦想）。

完美生活，除了奋斗，还有诗和远方。诗歌的内容没有深浅之分，诗歌的格式没有正误之分——它可以是情怀，它可以是心境，它可以是宣泄，它甚至可以是咱们想说而又不能说的话语，它真实，它纯洁，它无需任何修饰，因为它就是生活，值得我们去热爱、去敬畏的生活。

目 录

第四部分
良师益友
师恩篇

知足常乐不忘本，
厚德载物报师恩。

第五部分
学海无涯
学习篇

目录

悟其表　悟其里　悟其神　悟其道法自然

正己兴邦利国家，润物天下你我他

第七部分
五彩斑斓
生活篇

赏苍穹之美景，

悟天下之得失

第八部分
千祥云集
赏析篇

跬步千里，聚沙成塔

你的万事顺意，永远是我的晴空万里。

第一部分
琴瑟和鸣爱情篇

看 到

透过你的眼眸
看到
自己如小女孩般的笑

我一个劲儿地
一个劲儿地藏
隐藏自己内心的向往
向往你我追逐于海滩中央

余晖洒落在海滩上
海风掠过我的黑发
抚摸着你英俊的脸庞
我转头一望
看到
你舒展的眉
和上扬的嘴角
看到
梦的海洋

夏　夜

朗朗的月

稀稀的星

吱吱的虫奏

呱呱的蛙鸣

提着灯笼漫天飞舞的萤火虫

夏天的夜

退去了炙烤的炎热

披上了温柔的霓虹

曾记起

我趴在你宽厚的肩膀上

你背着我肆意地狂奔

耳畔

分不清是风声

还是你的呢喃

只觉格外动人

夏天的夜

如此迷人

是喧嚣后的净土

是洗礼后的灵魂

唯盼与君同赏

城

前方繁花似锦
前方落英缤纷
候鸟滑翔过天际
小溪轻抚着石林
霓虹装点着道路
高楼拥抱着人群
多么美丽的城

我应该很快乐吧
可是 可是
思念披着忧伤的外衣
肆意蔓延在心灵的枝枝丫丫
因为 因为 是因为
没你的城不是我的城

我的城
气候随你的情绪而变化
温度因你的笑靥而舒心
你的每一句话
就是城市的霓虹
星星点点的那么迷人
哪怕不说一句话
也静谧得让人怦然心动

你是我的城 最美丽的城

期　待

期待

一本好书

一部好剧

一个场景

一组画面

一抹笑容

一念梦想

如春日雨露

滋润着万物生长

如夏日清凉

抚慰着炙热身庞

如秋日红枫

承载着款款深情

如冬日暖阳

拥抱着甜甜梦想

期待

如影随形

朝思暮想

你努力的模样

你努力的模样
在万人中央
散发着无限光芒

我能感受到
你心中的梦想
有蓝图韬略
有铁蹄飞扬

我能感受到
你心中的温柔
有春暖花开
有儿女情长

你努力的模样
即便缺失了陪伴
却仍旧让我
怦然心动 思念绵长

我原以为

我原以为
我喜欢的是你的帅气
后来才发现
我喜欢的是你的才华

我原以为
我喜欢的是你的才华
后来才发现
我喜欢的是你的智慧

我原以为
我喜欢的是你的智慧
后来才发现
我喜欢的是你的修养

我原以为
我喜欢的是你的修养
后来才发现
我喜欢的是你的气度

我原以为
我喜欢的是你的气度
后来才发现
我喜欢的是你纯净的心

我原以为
我说的是爱情
后来才发现
我说的是生活
因为你就是我的生活

一抬头

一抬头
看到对方的眼眸
不管对方
是美丽还是丑陋
是睿智还是愚蠢
是贫穷还是富裕

爱情
是稀饭和牛奶的距离
有它
稀饭可以是牛奶
没它
牛奶只能是稀饭

痴　狂

爱

不是你一直和我说话

却不知道我想听的是什么

爱

不是你一直在我身边

却不知道我想要的是什么

爱

不是你一直说我爱你

却不知道对我来说它如此苍白

爱

不是辩解

因为它本无对错之分

爱

不是冷落

因为选择就注定坚守

爱

不是控制

因为控制只会扼杀幸福

爱

不是物质

因为物质不是非你不行

爱

是眼神

随时随地里面有我

爱

是微笑

随时随地因我而发

爱

是关注

随时随地伴我左右

爱

是呵护

随时随地护我同行

爱

是你温柔的眼眸

是你关切的话语

是你敏锐的感知

是你为我一生痴狂

我亦为你一生痴狂

思 念

着你喜欢的衣裳
笑你喜爱的模样

眼眸中
有远眺

嗅闻中
有清香

绿树中
去追寻

水花中
常铭想

在空气中弥久飘香
在宇宙中持续回荡

My sunny boy

My sunny boy
无意中知道你
是从别人的话语中
说公司来了一批大学生
虽然只知道你是其中之一
却在我心目中种下了神秘

My sunny boy
第一次听到你
是转接电话到你部门时
一句"请稍等片刻"
如润物细无声的小雨
星星点点洒在我的心里

My sunny boy
第一次看到你
挺拔的身材 温暖的笑容
浓黑的眉毛 整齐的牙齿
全身透着阳光的气息
这一抹阳光住到了我心里

My sunny boy
我偷偷注视你
或双眉紧蹙 或爽朗大笑

或疾步如风 或慢行思索
文字变得如此亲切
日记里面都是你的影子

My sunny boy
第一次单独偶遇
远远地发现了你
在躲闪与期待中
你的自行车停在了我的身边
"要带你去培训班吗？"
"嗯！"我头也不敢抬地答道
怯生生地爬上自行车后座
刮过耳旁的风都是阳光的味道

My sunny boy
你第一次专程接我
专心练习五笔打字的我
忽然感觉到一股阳光的味道
回头一看，你就在身后
新理的发型将脸庞衬得更加英俊
"你？你怎么？"
"快下课了吧？下课后我们一起出去转转。"
于是图书馆里有了我们的第一次约会。

My sunny boy
你第一次送我礼物
是一个青蓝色的硬壳笔记本

首页上是你的文字

"伯牙遇尔子期"

开启了我们十指相扣的甜蜜

My sunny boy

你爱的年年月月天天

爱你的天天月月年年

Happy birthday

Happy forever

You are my sunshine

You are my sunny boy

因为书香

那一天
第一次见到你
整齐的牙齿浅浅的笑
手里捧着工作笔记
感觉到一股子书香气

那一天
第一次你找我帮忙
整理你平时收集的资料
我仔细地整理
嗅闻到一股子书香气

那一天
第一次你送我礼物
硬壳笔记本加俊朗的字
我把脸藏在本子里
感受到无比熟悉的书香

那一天
第一次我们约会
没有牵手
却不约而同地走进图书馆
享受着午后的书香

那一天
第一次我们小别
我把思念汇集成一本书信
你月下从背后揽着我听我读信
陶醉着浪漫的书香

那一天
你又一次赶早出差
贴近我睡意蒙蒙的脸呢喃
宝贝床头又留了几本好书
延续着绵长的书香

因为书香
你我天天向上
你我惺惺相惜
你我比翼双飞
你我不离不弃

你的胸怀

你的胸怀
像大海
我像水滴一样感觉到安全

你的胸怀
像沙滩
我像沙子一样感觉到舒适

你的胸怀
像春风
我像花朵一样时刻期盼

你的胸怀
像天空
我像星星一样永远同在

你的胸怀
大得可敬
宽容和善待着每一个人

你的胸怀
小得可爱
关心和爱护着我——整个人

爱你，所以伪装坚强

还记得吗

曾经

梨花带雨的脸

在你每次要出差离开我的时刻

还记得吗

曾经

温柔娇嗔的话

在你每次不在我身边的电话中

还记得吗

曾经

深情款款的字

在写给你的信件中

可是

好久都没有这样了是吗

不是不想

只是不能

怕你担心我

怕你不能专心地工作

于是

我习惯了承受

在你不在身边的日子

独自承担着一切

哪怕是生病了

哪怕是遇到困难了

都会告诉你我很好

除了想你

什么都好

今天

车刚停到家楼下

想着回去等着我的——

只有我一天都不敢关的灯光

那点温暖在大雪的冬天那么微不足道

眼泪哗啦啦地往下掉

"我想听你的声音"

我给你发了短信

趴在方向盘上号啕大哭

爱你

所以伪装坚强

静夜思 · 远方

星星点点的光
透过我的眼睛
抵达我的心灵
照亮了我的整个心房

目标越来越清晰
清晰得让人心旷神怡
步骤越来越明确
明确得让人蠢蠢欲动
信念越来越坚定
坚定得让人厮守终生

在广袤的天空下
在浩瀚的大海边
有金灿烂的麦地
有亮闪闪的星光
有书本 有鲜花
有叮嘱 有呢喃
有你的手
温暖而有力
拉着我走向远方

晨　恋

蝶恋雾朦胧，
日起天着纱。
何人潜入梦，
共饮一杯茶。

我要的幸福

我要的幸福
不是你拥有多少财富
而是你拥有多少真心

我要的幸福
不是昂贵的礼品
而是甜蜜的心意

不要说
你要怎样去积蓄
将来给我昂贵的钻饰
我想说
节日里你偷藏在包里的发卡
即是价值连城的甜蜜

女生
不分家庭型或事业型
均是喜欢
用心爱的人的物
着心爱的人的衣
不是厚厚的money
而是陪伴的sweet

穿着你买的衣
像极了温暖的拥抱
努力的路上不再孤寂
我要的幸福触手可及

静静的爱，静静地爱

浓黑的眉

温柔的眼

俏皮的睫毛

甚至细密的发线

像一幅美丽的画卷

总是让人怦然心动

静静地注视

静静的爱

静静地爱

静静的爱

没有华丽的词藻

只要

随时知道你很好

静静的爱

没有争执的场面

只因

既然一起又何必生气

静静的爱

没有复杂的物质

只为

爱情只有纯净才美丽

静静的爱

静静地爱

只要有爱

拥抱就是最大的力量

爱

爱是什么
是咱们
停在彼此的心房
住在彼此的天堂

相识相依
相恋相守
没有过多的花哨
只有细细的贴心

因爱
信誓旦旦地说
我要给你天堂般的日子
于是
因为忙碌而忘记了贴心
因为功名而迷失了方向
于是
远离了彼此的心房

许久
回头一看
不是翘首的期盼
而是泪眼的失落
才发现

金钱功名都是浮云

人生需要努力
爱情需要携手
不需要回头的距离
而需要随时的触及
相濡以沫
执子之手
与子偕老

匆匆那年

——不悔梦归处，只恨太匆匆

匆匆那年
绚丽纯美

一袭白裙
一身校服
一个回眸
一抹微笑
一首歌曲
一投篮框
于是
你爱着她
她却爱着他
也有彼此都爱着

有过逝言吗
以为只有相逢
有过守望吗
为何最美的笑容只能给他／她
有过后悔吗
不知道还有错过

爱过

守望过

又错过

痛心心痛

永远的痛

不悔梦归处

只恨太匆匆

我爱您，祖国

祖国像父亲
伟岸的身材 雄伟的气魄
在您强壮的大手牵引下
我们砥砺前行
不踌躇困难重重

祖国像母亲
慈爱的笑容 包容的胸怀
在您温暖的怀抱呵护下
我们安居乐业
不经受血雨腥风

祖国像恩师
夯实的才学 谦逊的精神
在您博学的气息熏陶下
我们天天向上
不畏惧瞬息万变

我爱您 祖国
生日快乐 万寿无疆

人生最大的魅力

人生最大的魅力
莫过于
怀揣一颗阳光的心
韶华易逝 容颜易老
浮华终是过眼烟云
拥有一颗纯净的童心
拥抱一世浪漫的柔情
伴君在商场策马驰骋
伴君在草地赤足飞奔

为你

为你
快乐不用太复杂
甜甜的酒窝浅浅的笑

为你
悲伤不用太复杂
淡淡的忧伤微微的泣

为你
什么都不用太复杂
认真地学习
执着地工作
积极地锻炼
快乐地生活

为你
即使不复杂
你却能感受
感受我的每分每秒

有一种爱

有一种爱叫抓狂
抓狂我不好的情况
生气得像愤怒的小鸟

有一种爱叫坚信
坚信我强大的心灵
这点困难只是九牛一毛

有一种爱叫监督
监督我生活的作息
早睡、勤锻炼、重视营养

有一种爱叫拥抱
拥抱我无助的身躯
喃喃而说怎样都阻挡不了你的爱

有一种爱叫一切
一切我所有的一切
不允许我不健康不快乐

我亦如此
一切你所有的一切
一切一切都好好的

HAPPY BIRTHDAY

我的笑容中
有你的笑

我的哭泣中
有你的哭

在逆境中我微笑
因为身后有你

有顺境中我淡然
因为身后有你

相恋十六个秋
今天
HAPPY BIRTHDAY

未来
HAPPINESS FOREVER
相守无数个秋

春风十里不如你

姹紫嫣红交相印，
五彩缤纷飞助兴。
君若安好晴天里，
春风十里不如你。

爱是什么

爱是什么
爱是航程中
如果有你紧握的双手
将没有恐惧
将没有漫长
只有幸福的微笑

爱是什么
爱是梦境中
真切有你紧握的双手
彼此相依
甜蜜感受
拥有非凡的力量

仍旧相信爱情

在我的世界里

爱情是美妙的

爱情是神圣的

爱情是纯洁的

傻笑 思念

凝视 期待

聆听 关心

陶醉 享受

日记一本本

眼泪一行行

欢笑一串串

幸福一筐筐

我的爱情是硕果累累的

走过了一些路

经历了一些事

那唯美的感觉变得模糊

我以为

我错误地以为

真的是那么不堪一击

又巧遇到了某个人

又追忆起了某些事

当那一串生日的字符

成为思绪的纽带

我不得不感动

我不得不相信

我还忆起

他 他们

也曾如此

在青春的岁月里

那是美妙的秘密

所以我执着地相信

爱情无处不在

也许有它所谓的保质期

但它毕竟给我们太多的美丽

聪明的人

活在爱情里

永远美丽

······

世界是你

爱你

会在你面前流泪

会在你面前傻笑

会在你面前发呆

会在你面前

展现一个真实简单的我

爱你

你流泪时会痛

你傻笑时会乐

你发呆时会痴

会在你面前

享受一个真实简单的你

爱你

透过眼神

看见彼此

你在面前

你是世界

你离面前

世界是你

似乎很近，却又很远

似乎很近

却又很远

淡淡的忧愁

……

何时结束

期待

美好未来

仰望

幸福归来

YOU ARE THE BEST

You are the eagle
Destined to fly
Although will meet the wind and the rain
But can not stop your footsteps

You are the hero
Destined to be strive
Although will come across many difficulties
But still can deal perfectly

You are the hill
Destined to be very strong
Although rough
But still extensions

I'll just close my eyes
Can imagine the smile from you
That is victory smile
That is happy smile

I know
You are the best
For your career
For your family
Especially for me
Forever
Forever

多想有一天

多想有一天
我挥舞的长裙
左右着你的视线
你脚丫的沙粒
绽放着我的笑靥

潺潺溪水间
绵绵雪山下
到处都是
我们的书
我们的诗
我们的歌
我们的画
那里没有一加一等于二
那里只有经久不息的爱恋

多想有一天
海角天涯有你我的脚步
日月星辰是我们的诺言

有你，冬天可以不冷

常听人说
冬天谈恋爱最适合
因为爱情可以让人暖和
我是如此怕冷
藏在你的臂弯里
数着雪花
于是你说
你最喜欢的季节是冬天

今年的雪
下得比往年大
白皑皑
美得让人陶醉
虽然我已长大
却也是含着眼泪
独自清理车上的积雪
来不及陶醉
只感受到了袭人的冷
因为你不在身边

你回来了
远处的招手
接下来的是暖暖的拥抱
我开车载着你

只感觉到你的眼神

没有偏离我片刻

你说

就喜欢这样静静地看着你

如果每分每秒都如此多好

车里好温暖

那是这段日子不曾有的

你帮我提着包

我双手挎着你

在一旁雀跃地听你说着高兴的事

双桂坊

酸辣粉

烤鱿鱼

臭豆腐

你替我擦着满是油腻的嘴

我们笑声传遍了整个街头巷尾

有你

冬天可以不冷

从此不再

有些话
一说出便是伤害
有些事
一做出便是绝路
从此不再
任凭山花烂漫
......

爱上眉梢爱上你

儿时
关于眉宇的字眼震透心悸
气宇轩昂万分神秘

始于何刻已不清晰
许是初次见面的记忆
那一抹浓黑让人着迷

那时
注视你
不是默默地 远远地
就是偷偷地 静静地
甜到了心里

此时
端详你
无论是工作中 欢笑中
还是生活中 酣睡中
住到了我心里

爱上眉梢爱上你

写给我的他

——七夕献给我的他

你微笑的脸庞
像婴儿一样可爱
给我清新的快乐源泉

你早晨的问候
像蜂蜜一样甜蜜
给我美好的充实的一天

你关切的话语
像甘霖一样及时
给我神奇的前进的力量

你真诚的行动
像宇宙一样浩瀚
给我足够的安全感觉

你时刻的关注
像空气一样珍贵
给我无穷的幸福甜蜜

你或许不是最帅
在我心中却是最美

你或许不很有钱
在我心中却是最富

你或许不是最优秀
在我心中却最卓越

相依相守
执子之手
与子偕老

晨 忆

晨起朦胧锁清秋，
拨云见日何处愁？
天空不曾降骤雨，
润物无声总依时。
忆透款款君子心，
化作柔情胜恩情。

爱的音符

你深情的眼神是爱的音符吗
你淡淡的问候是爱的音符吗
你默默的关心是爱的音符吗
我想肯定是的
包括你
墨染的浓眉
整齐的白齿
宽厚的肩膀
温暖的双手
即便是稍稍发福的肚子

我知道我是你手心里的宝
如我们最初的承诺
你会默默地注视我
然后站到我的身后
紧紧地抱住我说
能跟你在一起真的很幸福

你会在下着雨雪的深夜
用胳膊做我的枕头
用你的体温温暖着我说
我真喜欢寒冷的天气
这样你就更加需要我
因为你知道我最害怕寒冷

你会在经济微有宽裕时说

宝贝 我想送你漂亮的衣服

因为你知道我最喜欢臭美

而你最喜欢我臭美的样子

每次都耐心地陪我逛街

似乎都比我更开心

我知道这一切的一切都是爱的音符

虽然没有海誓山盟

虽然没有惊天动地

虽然没有奢华浪漫

但是你给的爱

是一首悠扬缓慢的歌

没有劲歌的高低落差

没有情歌的温柔缠绵

没有悲歌的忧郁伤感

但是我却陶醉在你的音符里

一辈子

再如我们最初的承诺

哪怕我们老得哪儿也去不了

你还依然把我当成手心里的宝

你是我的眼

生活中
我就像个孩子
因为我知道
你是我的眼
你一定会保护我
踏过所有的沟沟壑壑

学习中
我就像个傻子
因为我知道
你是我的眼
你一定会引导我
阅过所有的点点滴滴

工作中
我就像个痴子
因为我知道
你是我的眼
你一定会激励我
走过所有的风风雨雨

你是我的眼
悟透我的一切
宠溺我的一切

带我看遍大千世界

习惯有你

因为

你的世界里面有我

我的世界里面有你

梦　境

一只大手
温暖而有力
拉着我向前飞奔

一路上
有蓝天白云
有乌云密布
有江河湖海
有悬崖沟壑
有一马平川
有荆棘密布
有翩翩起舞的麦浪
有袅袅升腾的沙尘

向着太阳的方向
你的手
温暖而有力
带领着我　保护着我
我们
微笑而坚定地一路前行

美丽的梦境
你我的梦境

嫁给什么样的男人

晨起

踌躇镜前

荷叶边的白衬衣

却是一张毫无生气的脸

瞻前顾后

微蹙眉头

顿觉异样

却寻不出原因

衣服不配你

把你的优点都掩盖了

你淡淡地说

我会心地一笑

换作一件时尚玫红

确是增色

还是你懂我

你从后面拦腰相拥

你真美

耳边的呢喃让人陶醉

我说

我害怕老去

老去了光芒不在

何以美丽

你说

再过十年二十年几十年

你依旧美丽

即使老去

你仍旧是最耀眼的星辰

镜中笑颜如花的我们

如此甜蜜

老公

一路上有你

我好庆幸

你的英俊潇洒

你的谦恭有礼

你的谈笑风生

你的深情眼眸

你的温柔体贴

你的宽宏信任

无一不让我着迷

虽然

你不懂浪漫

你不解风情

你不善表达

但是依然爱你

因为我也懂你

嫁一个什么样的男人

不是最帅

不是最好

不是最浪漫

而是彼此懂的情怀

记不清多少回

同时把彼此想起

拨过去的电话却因对方同时拨而占着

我一住手

飘过来的短信却是

是否也把我想起

也许这就是心有灵犀

我懂你

你懂我

心心相印

惺惺相惜

……

赠君·九九归一

君一往情深，
吾二手相依；
实三生有幸，
随四海为家；
跨五湖四海，
学六韬三略；
得七星高照，
享八面威风；
记九鼎之言，
修十世修为。

不需十全十美，
不必九五之尊；
不学八面玲珑，
不畏七擒孟获；
不惧六出祁山，
不薄五虎上将；
不怕四季轮回，
不可三心二意；
只续二人同心，
只求一生坦荡。

你·我

微扬的眉

浅浅的笑

轻盈的笔

淡香的书

你就在那里

迎接着清晨的甘露

沐浴着夕阳的晚霞

我沉醉

沉醉于这样的境

沉醉于这样的人

淡淡的

与世无争

一抬头

是清澈的眸子

一张口

是满腹的经纶

一工作

是清晰的条理

一处世

是无限的感恩

第一部分　琴瑟和鸣爱情篇

59

你真实
或因高兴而微笑
或因伤心而沉默
或因大方而驰骋
或因羞涩而脸红

我真心
微笑着你的高兴
心痛着你的伤心
自豪着你的大方
幸福着你的脸红

爱在哪里

爱在哪里
爱在眼神里
明明如影随形
却在交错时匆忙回避

爱在哪里
爱在语言里
明明千言万语
却在交流时词不对题

爱在哪里
爱在行动里
明明指点江山
却在相处时顾此失彼

爱在哪里
爱在思念里
在无边的时空
到处是你熟悉的气息

爱在哪里
爱在情愫里
你的万事顺意
永远是我的晴空万里

四季之恋

在春季
我想做那绵绵细雨
一滴一滴洒在你的心里
当你需要我的时候

在夏季
我想做那暖暖阳光
一缕一缕掠过你的发丝
当你需要我的时候

在秋季
我想做那累累硕果
一个一个投向你的怀抱
当你需要我的时候

在冬季
我想做那皑皑白雪
一片一片亲过你的脸颊
当你需要我的时候

一年四季
有你的日子
温柔着你的温柔
热烈着你的热烈
充实着你的充实
美丽着你的美丽

如果我爱你

如果我爱你
千山万水
我也要找到你

如果我爱你
千辛万苦
我也要看到你

如果我爱你
千言万语
我也要告诉你

如果我爱你
千拦万阻
我也要靠近你

如果我爱你
千娇万媚
我也要腻歪你

如果我爱你
千叮万嘱
我也要爱护你

如果我爱你

千变万化

我也要坚守你

如果我爱你

你也爱我

我是上面的样子

如果你不是

千苦万楚

我只会躲在角落

默默看你幸福的样子

千变万化的你

工作中
你是顶天立地的汉子
时而运筹帷幄
时而静听花开

学习中
你是上进儒雅的君子
时而眉头轻蹙
时而释然而笑

我面前
你是天真无邪的孩子
时而傻笑嬉戏
时而娇嗔无理

我心里
你是辽阔千里的大地
你是威武雄壮的高山
你是浩瀚无垠的天际
没错
你在面前　你是世界
你离面前　世界是你

第一部分　琴瑟和鸣爱情篇

65

花好月圆

不饮不食

不粉不黛

不争不辩

不思不想

为伊消得人憔悴

衣带渐宽终不悔

必清必淡

必静必养

必包必容

必励必精

待我长发齐腰时

定是花好月圆日

声声问候暖，
悠悠思念浓。

第二部分
血浓于水亲情篇

父母的爱

——祝我亲爱的母亲六十华诞生日快乐！天天快乐！

父母的爱像天
当我们无论遇到什么恶劣的天气
他们总说
孩子，我为你撑起一片天

父母的爱像地
当我们无论变得有多失意时
他们总说
孩子，这里你永远可席地而坐

父母的爱像太阳
总是尽最大努力照耀着我们
自己却怕给我们造成困扰
远远地付出着

父母的爱像月亮
总是柔柔地
就算是我们睡着的时候
默默地注视着

父母的爱像星辰
时刻闪烁着

当我们认真去体会他时
发现数也数不清楚

父母的爱
是杯子里温热的水
是饭桌上可口的菜
是衣柜里干净的衣
是房间里整洁的物
是我们痛苦时他们满眼的泪花
是我们开心时他们如花的脸庞

父亲的爱

父亲的爱
是无声的爱
没有话语的我爱你
却有眼神的如影随形

父亲的爱
是伟大的爱
未见当面的愁眉苦
却见背后的白发鬓鬓

父亲的爱
是绵长的爱
不是生活的某瞬间
却是生命的点点滴滴

妈妈礼赞

妈妈
是世界上最坚强的人
见到虫蚁都大声尖叫
孕产台前却含泪如花

妈妈
是世界上最甜蜜的人
叫一声妈妈妈妈我饿了
美味佳肴都呈现当下

妈妈
是世界上最万能的人
叫一声妈妈妈妈我害怕
别怕孩子妈妈在这啊

妈妈
是世界上最伟大的人
爸爸说我也赞她伟大
因我也有伟大的妈妈

妈　妈

妈妈是个美丽的女人
岁月掩盖不住昔日的风采
如果不是生在农村
那将是一朵永不凋谢的花

妈妈是个勤快的女人
岁月在她手上留下了太多的印迹
家里家外收拾得干净利落
头上已是爬满了银丝

妈妈是个能干的女人
虽然识字不多
却有着一绝的口算本领
我儿时的作文也总是妈妈第一个审批

妈妈是个勇敢的女人
敢于尝人所不为
敢于做别人不敢做的事
那个年代也会主动给老爸鸿雁传书

妈妈是个乐观的女人
似乎总是带着笑
如果不是长大
也许真的不知道她饱尝了如此多的风霜

妈妈是个传统的女人

从来没有穿过裙子

从来没有化过妆

从来没有开过过火的玩笑

妈妈是个严厉的女人

儿时在她的管教下

没有滑过冰跳过舞

更没有在外过过夜

带回的只是一张张不同荣誉的奖状

妈妈是个固执的女人

总认为自己是对的

特别是现在

也许是更年期来临

也许是曾经的自强不想被这个社会淘汰

妈妈

不管怎样

我爱您

也许我在严厉的您面前没法表达

因为我挽您胳膊您都觉得别扭

但是

我真的爱您

永远 永远

妈妈的唠叨

小时候
爸爸朝着我使一个眼色
背着妈妈给我想要的东西
有时候是吃的
有时候是零花钱
然后悄悄地说
快藏起来
不然你妈妈又要唠叨了

现在
爸爸经常会转脸对我说
你看
你妈妈又在唠叨
然后露出满脸幸福的笑

爸爸说
妈妈是一个爱唠叨的人
每天从他早上一睁眼开始
妈妈可以围着他唠叨到他睡觉前一秒钟

小时候我常常想
爸爸的脾气真好
换谁也受不了
我长大以后一定不做一个爱唠叨的女生

我长大了

果然是不爱唠叨

但是

妈妈跟我生活在一起

我每天被唠叨包围着

这成了她的必修之课

倒不是像对爸爸那样的唠叨

而是生活中每个小细节

都在妈妈的催促声中度过

从早上起床

到晚上睡觉

我也会笑得跟爸爸一样说

妈妈 你又唠叨了

我现在跟爸爸的待遇差不多

妈妈转过脸

被我逗得笑得比花还灿烂

这时

我才知道

这是她对所爱的人的表达方式

我也知道

因为妈妈的唠叨

爸爸的笑是幸福的

而我也是

乐在其中

忆公公婆婆

冬天是牵挂
总是在马不停蹄后看到你们
你们的笑容
定格在家门口的守望

冬天是温暖
总是在满桌饭菜中体会你们
你们的关心
定格在灶头上的米饭

米饭
或煮得太干
或煮得太水
我在你们期待的眼神中
扒上一口：好吃
于是看到
飞扬的皱纹和闪烁的白发

公公说
南方的孩子来到北方不习惯吧
多吃米饭 多吃饭
于是一筷子牛肉夹到了我碗里
自己拿着馒头就着稀饭

婆婆说
南方的孩子就是小巧好身段

多买衣服 多打扮
于是让营业员多拿衣服给我试
自己身着朴素笑盈盈看

我拿起扫帚
准备干点力所能及的家务
你们大跨步过来夺过去
灰大 灰大
乡下不是城里
去跟侄子侄女们玩去

冬天是残酷
在心如刀割中赶回家
没有了你们的笑容
没有了特备的米饭
风冷了
家没了

冬天过去是春天
公公总是一句一句告诫
好好工作 踏踏实实
日子就会过得越来越好

是的
房子逐渐大了
车子逐渐多了
大家都越来越好了
我的梦里
已经只留下了你们的笑容

全家天伦享

凉爽夏日晚出行
惬意驰车携双亲
闲暇旅途聊往事
笑靥白发致青春

抵达常熟兄相迎
晚餐烤鸭最宜心
父爱啤酒母爱茶
共贺兄嫂生日临

海洋世界走一走
各色鱼虾瞧一瞧
习习晚风吹一吹
水上乐园疯一疯

入住酒店真便捷
体验洋餐KFC
品茶虞山精神爽
最美不过天伦享

绽　放

——写于婷宝步入小学时

你

一点一点地绽放

转眼间

已成了独立的姑娘

我

一点一点地成长

转眼间

已了无青涩的模样

犹记起

你的第一次胎动

让我感觉到从此得为你而努力

你的第一声妈妈

让我知道责任之重大

你的第一天上学

让我揪心却知道你也要独立

你的第一次获奖

让我欣喜你的成长

你的绽放

亦让我成长

你企盼地说

我想要点读机

我本学期获得奖状可以买给我吗

我利索答应了

于是那天你真的拿到了

通过努力你抱着它狂欢

你自信地说

一页约四十道数学题如果错一个

罚多做一页

我利索答应了

但是那天你因分心错了三个

我陪你含泪做到深夜

你商量地说

这件衣服很漂亮

可以给姐姐也买一件吗

我利索答应了

喜欢你心底的善良

你的绽放

也时刻督促着我

耳畔

妈妈 你怎么还不做作业

妈妈 你怎么还不睡觉

妈妈 你小心点走车来了

……

宝贝

你渐渐地绽放

原谅我逐渐故意让你受挫

原谅我越来越严格的要求

坚强 勇敢 有条理

你的弱点要调整加强

未来不可能一帆风顺

不想让你到时束手无策

绽放吧

为了你小小的梦想

因为有你

——写于怀宣宝时

因为有你
打乱了生活的节奏

因为有你
影响了精神的容颜

因为有你
禁锢了活跃的思维

可是
却因为有你
美丽了平凡的生活

我静静地
感受着你的成长
兴奋着你的一切
爱在期待中更加坚定

520

那一天
你踏着朝阳而来
出现在我们的世界里
哇哇啼哭
告诉我们：520

那一天
我紧紧地抱着你
清澈的眼睛淡淡的笑
轻轻呢喃
告诉宝贝：520

520
从此有了特别的意义

百日的你

——写给亲爱的宣宝百日宴

百日的你
笑容灿烂真美丽

百日的你
牙牙学语真神气

百日的你
日新月异真神奇

百日的你
幸福萦绕真福气

百日、百岁
送给百日的你

百岁、百福
你送给亲爱的大家

真诚见风尚

孕儿不足载，
育儿长万年。
须眉图生计，
巾帼定安康。
父母为衣镜，
律己才得敬。
胸怀放宽广，
性格不可扬。
平和面挫折，
坦然话家常。
自然最为好，
真诚见风尚。

赠外甥

——读罢汝《我将如何奔向卓越》有感

志存高远在四方，
条理清晰不忙慌。
自愧汗颜多承让，
长江后浪推前浪。

思想先于行动前，
谋定后动非等闲。
切记必行必果言，
坚持不懈方饮甜。

现实非比理论状，
坎坷曲折不曾让。
父母艰辛育你上，
未尝苦难无曾伤。

卓越并非全功名，
忠信贤孝须同行。
人财物信偕资源，
日积月累自超前。

七尺男儿当自强，
不比舅娘女儿相。
天时地利人和畅，
顶天立地誉满乡。

端午思念浓

片片粽叶香，
粒粒稻米甜。
声声问候暖，
悠悠思念浓。

公公一路走好

进家不足六年整，
待我恩情似家翁；
或是每每电话中，
耳边频频唤儿声；
或是懒懒睡梦中，
厨房香香早餐蒸；
或是朗朗笑声中，
眼前绵绵爱儿情；
或是款款话语中，
心中满满育儿经；
或是……
太多的语言无法表达；
只是……
满腔遗憾在心中；
但是……
我们知道，您在天之灵永远与我们共存。
公公
一路走好！
公公
儿女定不负恩情！

清明思亲

又逢清明雨纷纷，
父老乡亲思冥亲。
只叹天国路长长，
音容笑貌入梦乡。

秋日周末

秋日正浓凉风习，
心情却暖亲人集。
舅甥三人公园走，
看客独身书海游。

好似你们不曾离开

——谨以此文纪念我远在天堂的奶奶、外公、公公、婆婆

我们总喜欢
在聊家常时说起你们
好似你们不曾离开
将眼泪藏在勉强的笑容中

我们都默契
在想你们时翻开相册
好似你们不曾离开
将思念藏在泛黄的照片中

我们都习惯
在回老家时经过窗前
好似你们不曾离开
将话语藏在隐约的窗棂中

我们都坚信
你们不曾离开 从未离开
因为我们的骨子里
流淌的是你们的血脉

好似你们不曾离开
奈何却是泪流满面

爱上一杯茶

儿时

晚饭后

在春天闻着花香的夜里

在夏天听着蛙声的夜里

在秋天品着月饼的夜里

在冬天看着白雪的夜里

妈妈总会为我们泡上一杯茶

每每此时

我总是满怀着欣喜

手中捧着茶

膝上放着书

品着 陶醉着

在知识的海洋里畅游着

就这样一步一步地完成着自己的学业

这是一杯具有地方特色的茶

有着绿茶的主料

加以生盐 姜末 芝麻 花生（或黄豆）适量

泡出香味四溢

具有抗疲劳防感冒的功效

产于湘北地区屈子故乡

如今

隔着千山万水

这杯茶仍旧陪伴着我

晚饭后

妈妈泡上一杯这样的茶

不同的是

脚上放着的更多是电脑

和工作中未完成的案子

就算是回来得再晚

也会说

妈 我要喝茶

妈总是慈祥地泡着

我总是欣喜地喝着

再在欣喜中一步一步地前进着

爱上一杯茶

爱上家乡的味道

爱上妈妈的笑容

因为爱着你的爱

时间冲不淡友谊的酒，
距离拉不开友谊的手。

第三部分
志同道合友情篇

致闺蜜（一）

一起哭
一起笑
那是闺蜜

一起长胖
一起减肥
那是闺蜜

一起逛大街
一起品小资
那是闺蜜

一起扮靓彼此
一起提升彼此
那是闺蜜

此刻 车站 背包 豆浆
唯独缺牵你的手
丫头 想你
属于我们的风景
深埋心底

致闺蜜（二）

你来到我的城市，
我住到你的眼里。
瞬间陌生速褪去，
长久情谊稳永存。
千言万语床头续，
百感交集姐妹情。
万般不舍话离别，
亲密无间何所谓。
愿你青春永长驻，
健康快乐万事兴。

沁园春·姐妹

青葱学校，
琅琅书声，谆谆教导。
踏操场远近，
志向昭昭；
命运不佑，
泪眼汪汪。
天南地北，
奋发向上，
敢与命运较好孬。
忆昨日，
许姐妹之约，
初心不忘。
书山如此高仰，
引万千学子念断肠。
学孔孟之道，道法之商；
阳明之行，知行齐放。
劝学学圣，赵国荀卿，长积跬步至顶上。
勤为径，上北大同济，殊途同畅。

致姐妹

送给我最亲爱的姐妹，
条条大道通罗马，
百花齐放各不同，
只要是自己的、有价值的，
都是最美的。

异乡存知己，天涯若比邻。
惺惺相惜处，不期自共鸣。
花圃百花放，姿态各不同。
来时供众蜜，去时润五行。

有一种幸福叫作朋友圈有您

夜 宁静
手机里信息声格外动人

心 沸腾
脑海中都是彼此的笑容

爱 长存
节日是传递情谊的红绳

一头是我
一头是您
有一种幸福叫作朋友圈有您

朋　友

你的电话
开口便说
"你怎么啦？"
这就是友谊
总能嗅闻
我偶尔难过的气息

你的嘱咐
不容拒绝
"你必须做。"
这就是友谊
在你眼里
我总是让人放心不下

你的温暖
不期而至
"你必须收。"
这就是友谊
总是复制给我
你喜欢的东西

真正的友谊
不是甜言蜜语
而是

快乐时你默默的祝福
伤心时你拳拳的关心
我始终坚信
时间冲不淡友谊的酒
距离拉不开友谊的手

师兄妹相聚

——与学长（光华教育集团董事长）相聚常州最高的西餐厅

景色无限好，
情谊是更浓；
共饮一杯酒，
海阔又天空。

赠海燕

大处着眼脚慢踏，
腹有诗书气自华。
厚积薄发行万里，
同舟共济四海家。
姐妹同心齐步走，
共享蓝天白云下。

感恩有您

感恩相识

是鸟语花香的春季

是阳光明媚的夏季

是姹紫嫣红的秋季

是瑞雪丰年的冬季

感恩相知

在奋发图强的工作中

在五彩斑斓的生活中

在厚积薄发的学习中

感恩相伴

一路上有您的鼓励

一路上有您的支持

一路上有您的表扬

一路上有您的忠言

感恩有您

一路上我从不孤单

一路上我从不畏惧

第三部分 志同道合友情篇

美人赋

——赠好姐妹空儿

空儿之美
沁人心脾
非华服至
属内心发

眼眸清澈
笑靥如花
举止端庄
吐字如莲

饱读诗书
才华横溢
刚柔并济
运筹帷幄

艺术生活
幸福人生
美人之躯
巾帼之傲

共　鸣

一件事情
能让你我共鸣

一首歌曲
能让你我共鸣

一句话语
能让你我共鸣

一个符号
能让你我共鸣

其实
不必如此复杂
一个眼神
足以
让你我心灵相通

感恩
生命中有你
让我的心灵从不孤寂

月芽湖小聚

杨柳青青碧波漾，
小桥弯弯月芽央。
钓翁闲暇言细语，
兄妹小聚乐满堂。

茶逢知己

茶逢知己，
海阔天空；
天南海北，
其乐无穷。

谢朋友

——感谢朋友及朋友的"链的慧"

相识两载谋一面，相约再次无陌生。
谈笑风生皆学问，语重心长道理明。
身居高位无清高，润物无声自不轻。
感谢赠书增专业，云开雾散记于心。

虞美人·知音

——献给令人钦佩的姐姐

芸芸众生过往多，
知音有几何。
新年钟声如期至，
问候姐姐琴瑟合鸣时。
积极自信溢于面，
更是分享全。
敢问知音何处有，
期盼与姐携手把志酬。

聊天有感

——昨日听朋友聊天有感

勿笑他人醉癫痫

大智若愚非你见

勿傲自身小志成

山外青山人外人

勿叹世间失公平

周而复始不曾停

第三部分　志同道合友情篇

那些时光

那些时光
匆匆而来
来不及去细细品味

那些时光
匆匆而逝
回头发现都是想念

你妳他她
你们都好吗

如果再一次
我不想它那么匆匆
可是每天都在匆匆

那些时光
放在记忆里
烙在心坎里

生命之美

生命之美

把无知变成已知

把淡漠变成深情

把偶然变成必然

把虚伪变成真诚

把苦难变成财富

把瞬间变成永恒

世界立志日

祝大家都有属于自己的美丽人生

天空下雨了吗？

天空下雨了吗

我为何如此寒冷

独自在办公室

我紧抱着双肩

在这个晴朗的日子里

蜷缩着

下班时

依旧阳光明媚

我戴上太阳镜

是想隐藏我沮丧的心

突然闪过一丝感动

朋友送的太阳镜让阳光如此温柔

透过温柔的阳光

我竟看到公司面前的小桃树

点缀着朵朵粉红

嘴角微微上翘

我想起了

他说

别担心 还有我在

他说

别灰心 柳暗花明又一村

他说

……

像一阵阵暖风

同事再聚首

一语忆当年

一笑满甜蜜

一朝是同事

一生为朋友

我怕我忘了

我怕我忘了
一些人
所以
我将点点滴滴写进诗里
未来的某一天
我能从字字句句中看到你们的影子

我怕我忘了
一些事
所以
我将枝枝蔓蔓写进书里
未来的某一天
我能从章章节节中看到事情的经历

我怕我忘了
一些道
所以
我将规规则则讲进课里
未来的某一天
我能从来来往往中看到大家的成长

我怕我忘了
所以我努力去在意
在意着大家的在意

一缕阳光

一缕阳光

穿过我的窗

柔柔地照在我脸上

暖暖的好幸福

你就是那缕阳光

无需浓烈

却一直陪伴着我

每时每刻

一些人，一些事，一些感慨

一些人

一些事

某个时间

我笑了

笑得如花儿般美丽

我哭了

哭得如雨儿般凄凉

我快乐了

快乐得犹如长着翅膀的天使

我失落了

失落得犹如失去心脏的躯壳

一些人

某个时候

说着让我痛心的话

我强忍痛苦假装不在意

一些人

某个时候

默默地关心着我

我总是流淌着感动的泪花

一些人

某个时候

想你们了

却寻找不到你们的身影

一些人

某个时候

你们想我了

可却被我婉言回绝了

我在意着

我没法说服自己不在意

不管是伤我的你们

还是同样在意着我的你们

感谢上苍

让我们相识

我会好好珍惜着我们之间的缘分

我的世界里

有你 有我 有他(她)

有我们大家的足迹

彼此牵手

不离不弃

一种气场

突然想起童姐的一句话
童姐是我很好的一个朋友
她说人与人之间的缘分
来自于一种气场
当一个人走近你
这种气场将决定你们能不能融洽相处
或是关系质量的变质
或是关系质量的升华

我的脑海里刹那间闪出无数的画面
他那洁白的牙齿
她那甜甜的酒窝
他那浓黑的剑眉
她那柔顺的长发
他那有神的眼睛
她那温柔的眼神
他那关心的话语
她那热情的拥抱
他那工作的干劲
她那生活的细腻
……
也许是因为一句话
也许是因为一个表情
也许是因为一个巧遇

我们走到了一起

有的成为恋人

有的成为知己

有的成为朋友

有的成为同事

有的成为过客

一种气场

打扮生活

又到一二七

那一年

亲爱的妈妈

我的一声啼哭

带给您撕心裂肺的痛

但是您说带给您的是无限的欢欣

多少个这样的日子

您给着我一个一个的惊喜

或是躲在饭下的荷包蛋

或是穿在身上的新衣裳

或是各式各样的文具

……

那时候

我是多么期盼这一天啊

在这样的期盼中

我长高了

我长大了

我成熟了

我独立了

如今

我周围有了更多关心我的人

您的笑容更慈祥了

更欣慰了

因为您说善待周围的人

周围的人也会喜欢你

是的

您看

二月二十八号

当我打开电脑时

生日的祝福铺天盖地

虽然我过的不是阳历的生日

却不忍心告诉他们我过的不是阳历

一二七（正月二十七）马上就要到了

虽然我过的农历这一天

但是

你们却让我这些日子

都沉浸于生日的快乐之中

由衷地感谢你们

我会好好的

暖暖的阳光照着我

一些东西越来越清晰

一些东西却越来越模糊

我的脑海就像一个漏网

漏掉的是痛苦

留下的是快乐

……

与你相逢

与你相逢
在此时
在我心情晦暗的时候
你是绵绵春雨吗
竟然能感觉到土地的渴望

与你相逢
即便是网上
真的很好
姐姐
好想念我们在一起的日子
何时航空寄情
与你相逢现实中

还有你们 她们
昨天已经过去
筛选优美心情
昨天的天空不会下雨
即便下雨
因为有你们的祝福
我的心情也是万里晴空

与你相逢
一切在冥冥之中

最美莫过于

最美莫过于
一本好书握在双手
品阅知识海洋

最美莫过于
一群知己欢聚一堂
畅谈生活百态

最美莫过于
一个家庭促膝时刻
乐享天伦之乐

最美莫过于
一个梦想坚持到底
追逐海阔天空

最美莫过于
你正看着我的文字
浮现灿烂笑容

第三部分　志同道合友情篇

拜会赵姐

静坐华室候赵姐
隐闻隔壁筹帷幄
急将手机调无声
勿扰姐姐工作中

再遇姐姐细打量
相拥彼此笑容漾
端坐相视话家常
细嚼话语精华藏

先议营销何为高
齐论做人就是招
再叙人生价值观
并述精神非奢张

姐话相隔两载余
何叹只逢唯一时
气场相合为缘分
惺惺相惜心灵近

姐指明路豁开朗
相谈甚欢忘时长
来宾相问要事至
齐约来日再长续

知足常乐不忘本，
厚德载物报师恩。

第四部分
良师益友师恩篇

致启蒙老师们

——写于与小学、初中老师聚会后

那时

我是一粒草籽

撒在了石头缝中

坚强地发芽

你们是雨露

滋润着我发芽

我终于露出了芽黄

成了你们的骄傲

石头缝隙很小

小到无法把根长

一口飓风吹来

把我吹到了远方

你们是呵护

鼓励着我坚强

我终于长出了细根

成了你们的牵挂

我是一粒草籽
带着霸蛮的湘气
在异乡坚强地生长

我是一粒草籽
终于有了嫩绿的小苗
成了你们的自豪

如今
我是一棵小草
因为有你们
不畏惧任何艰难险阻
都能茁壮成长
感恩有你们

求知若渴访恩师

——写于2014年无锡求访汤晓华恩师

师赠贵以贱为本
再言高以下为基
知其长而通其变
勤于思而苦于学

晚间赴锡访恩师
小坐麦当盼师至
求知若渴不觉辛
大道无形乐于心

师恩难忘

——2014年写给清华恩师兼同济学长

忽闻恩师信息声，
江南酷热特叮咛。
回问京城状如何，
答曰万事顺心多。

清华园里导新生，
国家项目研究中。
问生便利可回电，
已师生两年未见。

相谈甚欢电话里，
才知彼此课下底。
虽为清华博士后，
本科却是同济授。

正宗恩师加学长，
鼓励徒妹头永昂。
认真走好每步路，
来日麻雀变凤凰。

恩师教诲永不忘，
龙儿定当持现状。
知足常乐不忘本，
厚德载物报师恩。

写给恩师

相别日渐长，
师恩永难忘。
若无汝指点，
恐难愿望现。
龙儿遥相唱，
师长万古长。

致恩师汪教授

学富五车播心愿，
生生不息海洋汪。
龙腾虎跃倾情教，
凤飞万里全心授。
铭记于心有践万，
诚心诚意无惧事。
敬贤礼士万般顺，
上善若水师生心。

感恩师恩

感动知遇学

恩泽伴一生

尤门遍神龙

建创四海凤

新筑万年铭

先知众人敬

生生桃李祝

师道千千万

恩赐万家福

因文识人

因为一篇文
寻找一个人

相识不嫌迟
志同即相知

文如其人
人如其文
听君一席话
胜读十年书

悟其表　悟其里
悟其神　悟其道法自然

第五部分
学海无涯学习篇

你来了

——2013年写于同济大学MBA录取之时

轻轻地
你来了
长着翅膀的天使
来到了我的手上

静静地
你来了
怀揣若狂的欣喜
藏到了我的脸上

暖暖地
你来了
穿过黎明的黑暗
住到了我的心里

你来了
我格外珍惜
定全力以赴
追寻你的真谛

同舟共济（一）

——2013年写于同济大学MBA开学典礼

在这里
有一个人杰地灵的环境

在这里
有一群卓越非凡的老师

在这里
有一群勤奋上进的学生

我们
千军万马是为了策马扬鞭

我们
快马加鞭是为了马到功成

同济
我们相识相知

同济
我们同舟共济

同济
我们共创未来

同济
我们报效天下

第五部分　学海无涯学习篇

137

同济行

——2014年写于同济大学

难得浮生半日闲，
轻闲踱步校园间。
小桥流水树木拥，
学楼林立学员涌。

孜孜不倦求学业，
生生不息无所却。
敢问学子有悔否？
答曰无悔梦寐求。

知识并非表能力，
开阔眼界扬正气。
学以致用方恨少，
持之以恒常悟道。

同心同德同舟楫，
济人济事济天下。

同舟共济（二）

——写给同济

那一日

在茫茫人海中

带着向往与崇拜

与您相识

那一日

在浩荡考场中

带着紧张与期盼

与您相逢

那一日

在开学典礼中

带着兴奋与激动

与您相依

那一日

在学海无涯中

带着渴望与享受

与您相知

同济

感谢您温暖的怀抱

感谢您殷切的关怀

在这里

我们收获了知识

我们收获了友谊

我们更收获了一种别样的精神

那就是

同心同德同舟楫

济人济事济天下

520，爱你到骨子里

——写给同济大学第111周年校庆

那一夜

你走向我

向我伸出温暖的手

拯救了我孤苦无助的灵魂

那些年

你激励我

向我说出鼓励的话

实现了我遥不可及的梦想

那些年

你督促我

向我传授职场的经

培养了我水滴石穿的韧劲

这些年

你指引我

向我指明前进的路

告诉了我泽及他人的使命

这些年

你帮助我

向我浇灌无私的爱
丰满了我参差不齐的羽翼

这些年
你滋润我
向我洒下幸福的因
完美了我五彩斑斓的人生

我想说
我爱你
深深地爱着你
爱你到骨子里

忆美国游学

——写于同济美国游学

启程篇

风和日丽洒清辉，
地喜天欢聚齐飞。
学友笑问何处归？
主任乐指同济徽。

到达篇

千山万水随航越，
欢声笑语伴君悦。
落地熊猫入眼帘，
和谐中国并强肩。

求学篇

哈佛耶鲁沃顿院，
麻省哥大西点见。
求知若渴同济生，
海纳百川学业精。

访企篇

瑞银道富金融鳄，
华尔精神不容错。

访企巧遇中山友，
共同取经乐不休。

购物篇

奥特梅西免税店，
华人面孔随处现。
喜叹中华真崛起，
再盼国货实傲立。

回国篇

手提行李跨步沉，
难舍半月同宿情。
笑面挥手说再见，
痛心转身怕愁显。

后续篇

兄弟姐妹群中聊，
千言万语口中绕。
同心同德同舟楫，
济人济事济天下。

龙城·同济

——写给常州同济校友之家，感恩维尔利大爱之情

大风习习安比至，
人员姗姗不曾迟。
共聚天台维尔利，
同济精神心相吸。
六零七零八九后，
同舟共济话题够。
龙城自古多才俊，
脚踏实地代代熏。
要问内心何处承？
心心念念同济生。
严谨求实根深固，
团结创新万古铸。

清华安吉旅游有感

——2011年写于清华总裁班浙江安吉旅游

（1）

风和日丽天公美，
兴高采烈行李背。
安吉白茶无穷魅，
师生家属精力沛。

（2）

大隆汇到清凉寺，
世贸中心到漕桥。
准时无误无掉队，
欢歌笑语脸上堆。

（3）

其准黎明加老唐，
不敌伟民牌技长。
凤铭丽娜来调剂，
奖励伟民晚秋唱。

（4）

再看众人忙答题，
凤铭丽娜积分急。
黎萍忆初好神气，
博得头彩笑眯眯。

（5）

细看车厢和谐象，
莉莉刘建水果上。
导游司机多照顾，
陈班压轴四环顾。

（6）

中南百草名气大，
奇花异草美如画。
更有动物来助威，
白虎明星星光璀。

（7）

江南天池真秀丽，
碧波荡漾宝石齐。
鬼斧神工回音壁，
众人皆呼我爱你。

（8）

华琳巧摆生日宴，
惊喜藏在蛋糕里。
可怜晓彬遇考验，
答案然在感动里。

（9）

藏龙百瀑好壮观，
千姿百态溅甚欢。
诗仙李白若在此，
何疑银河落九天。

（10）

高空索道林飞鼠，
文娟嫂子鼓励我。
相依相伴齐冲锋，
华庆保驾竹林中。

（11）

黄浦江源赛漂流，
竹筏皮筏无须愁。
雨披凉拖作掩护，
难挡水枪湿衣裤。

（12）

梦想骑马终成真，
黄马驹儿驼我身。
手持竹鞭不忍打，
任它行走英姿飒。

（13）

旅行终有离别时，
同伴依次道别持。
心中失落深隐藏，
默念友谊天地长。

心心念念

远远看着你
让我怦然心动
就像流星划过天际

温柔的微风
拂过我的脸颊
在凉与热之间交替

宏伟的建筑
青葱的学子
那超凡脱俗的魔力

心心念念
我的目标我的城
心心念念城里的人

道　路

山间小路

都是在荆棘中踹踏而来

起初困难重重

或是刺破了鞋底

或是刮坏了衣裳

但是

踏着 踏着

路成了

人多了

城市道路

都是在汗水中铺就而成

起初埋怨多多

或是荒废了农田

或是影响了工业

但是

铺着 铺着

路宽了

人富了

生活之道

都是在风雨后飘摇而至

起初疑惑重重

或是质疑了亲情

或是高估了爱情

但是

摇着 摇着

道明了

人亮了

学业 事业

各种所需之道

亦为先苦后甜

借用大师所言

我不去想是否能够成功

既然选择了远方

便只顾风雨兼程

只要热爱生命

一切，都在意料之中

道路，一切都在意料之中

悟

天为师
地为师
物为师
人人皆吾师

悟其表
悟其里
悟其神
悟道法自然

学

学而悟之，进其脑也；

悟而用之，进其行也；

用而持之，进其命也。

省

轻嗅花香，
思涌绵长。
好好学习，
天天向上。
集百家之所长，
省自身之所惘。
悟人生之大道，
创心灵之辉煌。

一种让我迷恋的味道

一种味道

足够让人迷恋

有的人喜欢的是香水的味道

有的人喜欢的是香烟的味道

有的人喜欢的是鲜花的味道

……

而我喜欢的是一种独特的味道

它就是书的香味

尤其喜欢新书

当我捧着它

大拇指拨过书页

一阵轻轻的风吹过脸颊

散发出一股沁人心脾的香味

刹那间

我就像小鱼回归了大海

欢快地

激动地

如饥似渴地

肆无忌惮地

扑入大海的怀抱

还记得

孩提时

每每开学之日

背着满满一书包的新书

舍不得睡觉

几天下来就能把能看懂的教材看个遍

哥哥大我六岁

他拥有一个小书橱

那里也是最喜欢的地方

闲暇里

趁哥哥不注意

泡一杯茶

躲在这个小天地

沉浸在书的海洋里

小学时便已熟知高中的课本

我爱书

迷恋它的味道

我迷你

这也你的味道

见贤思齐

佳节会亲友
相逢孔圣乡
崇敬油然生
精髓万古长

三人必有师
学而时习之
温故而知新
学思齐并进

君子喻于义
小人喻于利
君子坦荡荡
小人长戚戚

如己所不欲
且勿施于人
如不在其位
且不谋其政

联想哈佛言
成事无捷径
智商距离小
坚毅万里遥

见贤思齐焉
不贤而自省

立己达人

芸芸众生千百态，
角色转换避不开。
真假难辨你我他，
九型人格走天下。

五湖四海皆兄弟，
欢歌笑语齐学习。
生命特征均可敬，
立己达人伴一生。

求知若渴

——2013年写在常州大学学子参观企业之时

细雨蒙蒙寒风刺，
学子莘莘踏雨致。
敢问新秀选何因，
答曰行业前途明。

门庭若市物流市，
前赴后继踌躇志。
求知若渴你我信，
实干兴邦彼此心。

永远爱你们

——写给ETC俱乐部的家人们

你可曾知道

笑颜如花

因为你们

在我们手拉手围成圈的氛围中

你可曾知道

泪如泉涌

因为你们

在我们结束每一次精彩课程后

我们的相聚

是上天最美的安排

收获的是知识

收获的更是那一份纯纯的牵挂

永远爱你们

年华里

不历千辛万苦，
却叹韶华倾负。
却不知，
黎明必经黑暗，
彩虹总历风雨。

需谨记，
在最合适的时间，
去学习而求功名，
去工作而创价值，
去恋爱而享幸福，
去生活而修胸怀。

每个年华里，
灿烂万分，问心无愧。

如梦令·金榜题名

——写给备考的同学们，祝MBA考试马到成功、金榜题名

立志学业远扬，
不辞挑灯身伤。
备好轻赴场，
无畏纸笔海洋。
铭想，铭想，
提名万丈金榜。

专注·坚持

质在专注
贵在坚持

专注
学一首新歌
只要几十分钟
但要坚持
任何新歌都会过时

专注
做一个方案
只要几个小时
但要坚持
每一个方案都只是成功的假设

专注
赢一个客户
只要几十天数
但要坚持
一个客户不足以生存和发展

专注
上一个台阶
只要几个圆月

但要坚持

每一个台阶都前赴后继

专注

变一生际遇

只要数载年华

但要坚持

每一次蜕变都只是新的开始

专注

享一生幸福

只要天天积极向上

但要坚持

天天才能日积月累

天天专注

天天坚持

天天向上

天天快乐

那时的你

那时的你
才高八斗 两袖清风
书中自有颜如玉 书中自有黄金屋

那时的你
中通外直 傲骨生香
出淤泥而不染 濯清涟而不妖

那时的你
兢兢业业 厚积薄发
不积跬步不至千里 不积小流不成江海

那时的你
绅士谦逊 彬彬有礼
高以下为基 贵以贱为本

那时的你
温柔体贴 深情款款
生命诚可贵 爱情价更高

那时的你
魅力无边 通达宇宙
我沉浸在你的世界里

现在的你

不要迷失了方向

尽管前方现实残酷

尽管前方荆棘密布

尽管……

我们要牢记

未来很长 生命不慌

别人有别人的花海 我们有我们的天堂

梦江南

——读罢励志人物江梦南有感

笑靥如花江梦南，

自强不息惹人怜。

排除万难树榜样，

人人皆可梦江南。

三　国

常思三国

最爱云长

义薄云天

肝胆衷肠

死于毒箭

孟德戴孝

玄德举枪

百姓立坊

壮哉壮哉

真英雄也

中国合伙人

在我心目中

最资深的导演

最崇拜的原型

最喜欢的主角

最能量的剧本

最现实的写照

最唯美的配乐

最国际的沟通

最诚挚的友情

中国合伙人

好样的

土鳖又何妨

精英又何傲

愤青又何厌

我们要在

世界改变我们的过程中

改变世界

做到

我们至少奋斗过

亮　剑

（1）

云龙云飞战疆场，
各为其主浴血扬。
枪林弹雨不可挡，
共伤英雄齐卧床。
双方生命悬一线，
九死一生彼此念。
将遇良才为幸事，
棋逢对手才得志。

（2）

云龙赵刚好搭档，
亮剑精神荡山冈。
枪林弹雨何所拒，
血雨腥风正气扬。
忆苦思甜常于心，
无愧中华好儿郎。

赞乎！敬乎！

盒马鲜生新零售，
顶层设计坪效够。
创新创业吃转送，
日日新鲜产地供。
一鸣惊人盒区房，
男女老少APP装。
赞乎！盒马鲜生，
敬乎！企业精神。

正己兴邦利国家，
润物天下你我他。

第六部分
建功立业工作篇

人生·万丈彩虹

——写给我的团队

赚一时利易

聚一帮人难

得一人心艰

守一世约辛

我们一起

确认过眼神

走进彼此的世界

便再也不想分开

我们坚信

遇到对的人

才能做对的事

一起将对的事情做好

不断精益求精做得更好

前方是繁花似锦

抑或是荆棘密布

可能还有

两侧的冷嘲热讽

那又怎样？

我们的芳华

我们的年轮

我们的勤奋

我们的努力

我们的执着

我们的专注

我们彼此紧握的双手

我们成就众人的真心

都已在我们的生命中架起万丈彩虹

我的兄弟姐妹

——2018年写给我的团队

曾记

我穿梭于高楼之间

何其渺小

如蚂蚁见大象

如小草见森林

别怕

有我们呢

你们如雨天的伞

你们如船舶的帆

保护着我

激励着我

龙儿

你看看啊

那是我们的满片疆土

那是我们的袅袅炊烟

我的兄弟姐妹

你们撑起了我的整片蓝天

在爱的领域中翱翔

因为有爱
挑灯夜读孜孜不倦
在学习中畅快地成长

因为有爱
夜以继日不辞劳苦
在工作中愉快地闯荡

因为有爱
锲而不舍废寝忘食
在兴趣中尽情地挥洒

因为有爱
一见如故口吐莲花
在生活中知己千杯少

因为有爱
像少女遇见情郎
在十指相扣中畅快地翱翔

如梦令·宿命

屡梦职场人物，
兴奋不辞劳苦。
踏遍人生路，
常思此为何故？
鼓舞，鼓舞，
陶醉一生命宿。

天净沙·归宿

行李电脑旅途

手机书本地图

分享绘画阅读

繁星处处

追梦人的归宿

Customer is King

轻轻地
她来了
你却不知道她的存在

悄悄地
她走了
你到此时才抓耳挠腮

静静地
她还在
你是否知道苦尽甘来

默默地
她还在
你是否坚持激情澎湃

Customer is King
你知道或不知道
她一直都是

Customer is King
你承认或不承认
她一直都是

新，try your best

一种新发型
换一天好心情

一天好心情
迎一个新旅程

一个好旅程
谱一曲新篇章

一曲新篇章
奏一世新人生

Everything is possible
（一切皆有可能）

I like this sentence
（我喜欢这句话）

More than "nothing is impossible"
（多过"没有什么不可能"）

Though it is a Chinglish
（尽管它是中式英语）

Just cauze it is a positive statement
（只是因为它是一种积极的表达）

I do like it
（我非常喜欢）

Positive attitude can conquer every challenge

(积极的态度可以征服每一个挑战）

Come on ，baby

(加油，宝贝）

Face you future ，try your best

(面向未来，全力以赴）

尊重做事业的人

他

少年时信誓旦旦

看着世间浮华

坚定地说

要有自己的事业

他

青年时怨天恨地

看着周遭奢侈

恨恨地说

如果有本钱我也能

他

中年时满足现状

看着四处房车

忧忧地说

世间真是不公平

他

老年时愁容满面

看着四处幸福

悔悔地说

想当年如果多努力一点

做事业的人

从来不想当年

因为任何时候都是起点

摔倒　爬起

爬起　摔倒

摔倒　爬起

你只看到了

他的浮华、奢侈、房车、幸福

谁看到了他

挫折后面的坚守

事业背后的眼泪

做事业的人

他是经营企业的企业家

他是发挥价值的职业经理

他就在那里

凡事一马当先

承担了普通人退缩的责任

承受了普通人害怕的风险

向他们致敬

借用西方一句话

You deserve it!

（这是你应得的）

没错

你选择什么你将得到什么

真正的财富

泱泱大国 财富几何
芸芸众生 生命几春

不要活在别人的眼里
而要活在自己的心里

不要用生命去换取财富
休要用财富去挽回生命

真正的财富
是在有限的生命中
不要抱怨
不要攀比
不要嫉妒
只要做好自己
那就是
今天的自己优于昨天的自己

梦想赋

高以下为基，
贵以贱为本。
为兴趣而战，
为价值而战；
既然选择，
必然坚持；
扬长避短，
取长补短；
锲而不舍，
水滴石穿；
共创价值，
共享未来。
人生最美莫过于，
一个梦想坚持到底，
追逐它的海阔天空！

其乐无穷

生命如嫩草
日晒雨淋不可少

是消极
它就是困境
于是
蜷缩柔弱的身躯
胆怯逃避
最终默默无闻

是积极
它就是肥料
于是
张开坚韧的手臂
顽强成长
最终赫赫有名

庸人会说
风雨这么大
我该如何安全地躲避它

能人会说
一点风雨算什么
我正好磨炼自己的意志

巨人会说

让风雨来得更猛然些吧

我正好享受挑战的收获

悟

聚众人之智
尚天地之德
修海宇之容
悟自然之道

我为你们喝彩

——写于2013年新员工培训

身体狠狠地给了我一点颜色

眼睛胀痛已一周有余

他说，你不能节奏慢一点吗？

我答，不能！

对于新进的员工

我们不仅是提供平台

更重要的是给予方向和态度

以及不断奔向卓越的技巧和悟性

飞翔吧，伙伴们

当你们跨越浩瀚的大海

即可拥有海一般的胸怀

当你们屹立高耸的山峰

即可练就云一样的高度

我为你们喝彩

每天都精彩

每天都精彩
是一种态度
微笑入眠 微笑醒来
装扮多姿多彩的每一天

每天都精彩
是一种精神
积极承受 积极分享
培训能屈能伸的每一天

每天都精彩
是一种动力
全力规划 全力前进
营造积极上进的每一天

每天都精彩
是一种优势
无声积累 无声暴发
积攒厚积薄发的每一天

每天都精彩
是一种魅力
传递快乐 传递价值
编织利益共享的每一天

我们在一起

我们在一起
是言语
集思广益

我们在一起
是行动
取长补短

我们在一起
是承诺
共创价值

我们在一起
是信念
共享未来

我们在一起
是乐趣
和谐美满

你若不离，我必不弃

不论

我们来自何方

我们什么背景

现在

到了同一个路口

画了同一个愿景

选了同一个方向

定了同一个目标

既然

确认过眼神

你若不离 我必不弃

让我们

紧握彼此的手

一起并肩奔跑

如果累了 彼此鼓励

如果困了 彼此慰藉

如果掉了 彼此等待

总之

不抛弃 不放弃

每天都精进

哪怕一点点

我们的愿景就会越来越清晰

龙凤呈祥

天地人和万物属，
动静相宜大爱至。
龙凤呈祥道法术，
刻骨铭心会有时。

怦然心动

华灯点点锁清秋
霓虹处处布满楼
因为热爱 不辞劳苦
办公桌前微锁眉头

手中的纸笔
脑中的目标
心中的蓝图
或是魂牵梦绕的梦想
都是怦然心动的理由

因为热爱
怦然心动
因为持续热爱
一辈子的怦然心动

云淡风轻

楼宇高耸拔地起，
参差错落各不同。
海纳百川皆风景，
厚德载物长远行。
云淡风轻好心态，
因果轮回青常在。

虞美人·春意盎然喜上梢

杨柳青青满江绿，
月圆春奏律。
红花争俏探出头，
再盼累累果实挂满楼。

礼炮声声开工吉，
企业万千起。
同舟共济赴全力，
再创熠熠辉煌高楼屹。

关 注

当你如骄傲的雄鹰般
展翅翱翔
我在心里为你歌唱

当你如失落的小鸟般
低头咽泣
我的灵魂为你悲伤

你的一举一动左右我的视线
你的一乐一悲牵动我的心弦
关注着你的关注

一个人
一个家
一个集体
当我走近了你们
当我融入了你们
默默地关注
默默地祝福

好想自己有着强大的力量
但是自己却是那么的卑微
但是信念永远是强大的
犹如今天看到的一句话
允许成功
允许失败
但绝不允许放弃

总　有

总有
一件事
它色彩斑斓
让我们
坚持不懈去争取

总有
一个人
他正直坦荡
让我们
死心塌地去追随

总有
一个境遇
它艰难曲折
让我们
奋不顾身去经历

总有
很多人
笑我们痴 笑我们傻
而我们却是幸福的
这种幸福
深入内心
贯彻血脉

雨

雨
淅淅沥沥
夹杂着寒风
偶尔跃过伞帘
敲打着脸庞

脸
冰冰凉凉
略带着湿意
顷刻透过皮肤
淋湿了心房

心
酸酸楚楚
无奈中心伤

痛得哭了
哭得累了
矛盾心情
总是坚强
虹在前方

顺其自然

东方日出西方雨，
月中月圆月边余。
顺其自然心态宽，
问心无愧举止欢。
上善若水修胸怀，
厚德载物续千载。

合作之美

宇宙何其浩瀚
我们只是一分子

大地何其辽阔
我们只是一尘埃

海洋何其壮阔
我们只是一滴水

独木不成林
孤掌难共鸣
合作并肩走
心灵齐步行

共行倍努力
共创翻佳绩
共担百日苦
共享千日甜

黄河咆哮之势
壮哉 壮哉

求贤若渴

小胜靠智大胜德，
志同道合异不合。
只恨身为女儿身，
坚守原则难远行。
八小时外分伯仲，
不止专业学业重。
翘首期盼须眉至，
携手兴邦万古青。

水

水
遇热而沸
遇冷而冻
遇温而柔
看似柔弱
却是坚强

不因阻碍而停止
曲径通幽

不因微弱而放弃
水滴石穿

不因渺小而逃避
汇流成河

人生如水
生生不息

营销感悟

做人调低做事高，
人生无处不营销。
舍得方为自然律，
独占即是全盘输。

感恩周遭无利弊，
一路伴我倍珍惜。
抱怨他物有正误，
万般原因皆自负。

正向能量伴我行，
上善若水自内心。
负面思维弃远处，
厚德载物一起护。

营销本乃上善事，
利欲熏心不可取。
修身齐家能量放，
客我满意齐成长。

傲梅礼赞

姹紫嫣红傲梅绽，
哪朵背后不严寒？
熬夜白头泪流满，
只为身后众人欢。

雨　后

雷鸣电光闪；
雨洒水花溅。
愁思何处来？
举头问青天。
心绪如琴弦，
跌宕起伏间。
万物何所惧？
雨后彩虹鲜。

盼

窗外阳光分外明，
能觉香气四处芬。
九磨十难无所拒，
只盼旭日东方升。

省

初愈端坐窗，
执笔省过往。
手弱无气骨，
心强需风霜。

龙儿，坚持！

——写于2012年考研前夕

我知道
无数个繁忙的白天
你在客户与员工中来回

我知道
无数个寂静的夜晚
你在书本与试卷中穿梭

我知道
无数个紧张的假日
你在甲地与乙地间过往

龙儿，你累吗
不用回答
虽然满是阳光的笑容
却总是掩盖不住深深的疲惫
午夜过后
你总是在不经意中
沉沉地睡去
清晨却仍旧责怪自己
怎么会那么早睡去
还有太多的事情没有处理

也梦想休闲的假日

能被他牵着

游历千山万水

我期待着

所以我努力着

或许上天没有给你太多

比如才能

比如财富

但是至少给了你自信和坚强

因为上帝知道这对你才是最重要

龙儿，坚持！

第六部分　建功立业工作篇

朝　思

朝起迎甘露，
花木出芙蓉；
启程思诸葛，
将相定乾坤。

千秋大业不嫌迟

——2018年写于与好老师教育集团合作

八百日夜惺相惜，
尘埃落定携手季。
教育本是同根生，
大爱情怀共筑梦。
正己兴邦利国家，
润物天下你我他。
鸿鹄大志无人知，
千秋大业不嫌迟。

好老师·凤凰梦

八月八日天作时，
携手携心梦想叱。
同心同德好老师，
共筑共谱凤凰梦。

我们的100天

——写给EMN／ETC卓越导师100天成营的各位学员老师们

这100天
我们一定很苦
因为
本该是玩耍的时间
却没有了我们的身影

这100天
我们一定很累
因为
那环环相扣的任务
我们感觉到无法呼吸

这100天
我们一定很恨
因为
剥夺了我们的睡眠
也霸占了我们的悠闲

这100天
我们一定很值
因为
从来没有如此清晰

我们选的路该如何走

我们的100天
它们
由汗水而堆砌
由泪水而浇灌
我们
因收获而更加灿烂
因成就而无比美丽

我们的偶像

——2018年写给战略客户：顺丰，以贺顺丰品牌进入世界100强

那年

我于窗前眺望

依稀看到您

低调温和却勇往直前的模样

我翻遍了

您的书 您的故事

不张扬 却大爱

不浮夸 却实干

服务质量重于生命

员工满意重于自身

这种企业精神

吸引着我 勉励着我

您是我的偶像

您是我们大家的偶像

当您的品牌价值屹立于世界之巅

我们为您欢呼

我们为您流泪

激动而自豪的泪

大顺丰

来自于中国

我们的偶像 我们的骄傲

顺丰行

——写于初次与顺丰合作时

仰望数春秋

深叹魅力修

今朝距离闯

来日天地长

军 魂

——2018年写给顺丰常州分公司南京大金山国防园军事拓展

烈日当空照，
顺丰好儿郎。
将帅队前量，
作则好榜样。
后勤阵势强，
水源排排放。
红海号角响，
军魂荡气扬。

极速顺丰

——2018年写给顺丰深圳总部扬州瘦西湖团建

酷暑天炎瘦西湖，
五湖四海精英聚。
极速赛道一起闯，
高效沟通万里畅。
顺丰大爱无处藏，
千家万户极速享。
敢问谁家便利通？
众人皆颂大顺丰。

始 终

做人
始于性格
终于格局

做事
始于使命
终于愿景

做唤醒感动教育
办快乐成长学校
成组织个人梦想
就万年长青基业

第六部分　建功立业工作篇

221

我的兄弟姐妹

——写给我的团队

我常说自己

女子本弱 贵人相持

我的兄弟姐妹

感恩你们的出现

让我的生命如此美丽

你们

个个才高八斗

润物无声让人敬

你们

个个身怀绝技

三川五岳任你行

你们

个个海纳百川

上善如水利他心

你们常跟我说

有我在前

因此意志坚定而不惧前行

我想告诉你们

兄弟姐妹

你们才是高山大川般的伟岸

赏苍穹之美景，悟天下之得失。

沁园春·人生

短暂人生，
几百月圆，
数十年载。
看前途远近，
多数茫茫；
奋斗路上，
熙熙攘攘。
万千学子，
无数工友，
谁把白纸画蓝图。

阅历史，
看出将入相，
无限风光。
人生如此璀璨，
使万千才俊争向往。
叹过往人群，
迷失方向。
"成功"人士，
扭曲梦想。
叱咤风云，
巨头三鹿，
竟将矛头对花裳。
需铭记，
享灿烂人生，
贵在贤孝。

最大的魅力

最大的魅力

莫过于有一颗阳光的心

韶华易逝

容颜易老

浮华终是背后烟云

拥有一颗纯净的童心

拥抱一世浪漫的柔情

天净沙·童趣

蓝天白云草地
孩童风筝嬉戏
帐篷汽车小溪
清风惬意
享童趣在当季

做最好的自己

周围的人
来来往往
走走停停
有的擦肩而过
有的驻守关注

朋友说
换一种生活方式
更能看清周围的一切
于是
或被动或主动
我换了一种
自己最喜欢的生活方式

有的人
似乎未曾来过
有的人
始终不离不弃
一切一切
渐渐清晰

生活就是如此
不管我们情不情愿
一直在做着选择题

因为不管我们做什么
都会有人鼓掌
也会有人否认
感恩一直选择我的人
谢谢你们的鼓励
也感恩未真正走近的人
谢谢你们曾经陪伴

做最好的自己
执着前行
幸福前行

龙儿，加油！

深夜

睡意已浓

仍旧想提起久违之笔

写下点滴记忆

彭博士（硕士论文指导老师）说

灵感源自一刹那

如果你不去把握

它便悄然溜走

再也找不着它完整的痕迹

繁忙占据了我的整个生活

来不及停歇

久违的友人说

女生应该好好爱惜自己

不要让繁忙侵蚀了你的美丽

龙儿的肩膀很窄

偶尔也会出现焦虑

或是为自己

或是为朋友

或是为跟我一起奋斗的同事

关心我的人说

是否可以选择另一种生活方式

我以笑回应
今儿在微博上逛了一圈
坚定我信念的是
Three regrets in life: unable to choose, unable to
persist in choosing, can't stop choosing.
我不想有这样的遗憾
坚信专注产生价值
乔布斯反复说
听从自己内心的声音，去做自己想做的事情
是的
因为他的这种纯真
不惧任何困难造就了苹果的神话

龙儿也会坚持自己的纯真
一味地走下去
生活中感激长存、善待周遭、以德报怨
工作中大局当先、以静制动，无为而治
学习中敞开思路、天天向上，永不止步
龙儿，加油！

冬 日

凛冽的寒风

湿滑的道路

漫长的黑夜

孤寂的灵魂

冬日

是这样的存在

但是我喜欢

因为冬日

我们才懂得

春日的生机

夏日的热情

秋日的硕果

因为冬日

我们才懂得

苦难过后何其甜蜜

因为冬日

我们才懂得

朋友情谊何其珍贵

因为冬日

我们才懂得

亲人挂念何其温馨

因为冬日
我们才懂得
恋人怀抱何其温暖

星夜寄情

遥望星空斑斓喜，
挥臂轻抚措不及。
尤怕一日春风倚，
不及频频问候依。

巾帼赋

女子本弱实不弱，
九死一生子孙过。
内外操持无怨言，
为母则强痛思甜。
驰骋疆场敢为先，
古今处处巾帼现。
木兰从军孝敞亮，
孟母三迁育栋梁。
岳母刺字忠国家，
庆龄美名扬天下。

要问龙儿何所选？
独爱孝庄不则天。
闭月羞花不为宠，
文韬武略样样通。
家国两立顾大局，
委曲求全君旁鞠。
三代帝王危难时，
处变不惊袖藏仕。
忍辱负重无所惧，
进退自如巾帼树。

是为巾帼伴君行，
阴阳和合道于心。

你赢，有何所孤？
我陪你君临天下，
你输，有何所惧？
我陪你东山再起。

如果有一种力量

如果有一种力量
能让你保持快乐
那就是宽容

如果有一种力量
能让你保持仁爱
那就是感恩

如果有一种力量
能让你保持上进
那就是思考

如果有一种力量
能让你保持年轻
那就是追梦

是为女人

是为女人
可以担当如山
当团队寻求帮助时挺身而出
"别担心，有我在呢！"

是为女人
可以温柔如水
当爱人张开怀抱时娇嗔入怀
"抱紧我，你是我的山。"

是为女人
可以刚硬如铁
当孩子面临困境时奋不顾身
"别害怕，妈妈在这里！"

是为女人
可以柔弱如绸
当父母谆谆教导时促膝聆听
"我懂了，谢谢爸妈。"

是为女人
可以坚韧如泥
当自身奋斗事业时勇往直前
"我坚信，不放弃就有希望！"

是为女人
可以细腻如丝
当朋友倾诉心声时感同身受
"没关系，只要我们都好好的。"

是为女人
可以大爱如海
当苍生家徒四壁时慷慨解囊
"别哭泣，我们同在！"

是为女人
可以小爱如涓
当亲友遇到困难时伸出援手
"别丧气，一定能克服！"

遇事请闭眼

挫折来临时
请闭眼
认真思考解决方案
让方案先成熟再实施

悲伤来临时
请闭眼
努力克制负面情绪
让情绪先稳定再传递

争论来临时
请闭眼
拼命控制不良言语
让言语先温和再表达

快乐来临时
请闭眼
放肆追寻美好时刻
让时刻先爆发再储存

成功来临时
请闭眼
虔诚感恩过往周遭
让周遭先回放再铭记

幸福来临时
请闭眼
极力享受曼妙时光
让时光先定格再永恒

遇事请闭眼
健康快乐幸福无边

我的世界

是伤心
就当作一捧细沙
在风中把它扬了
于是
一转眼就找不到它们的影子
化为尘埃

是开心
就当作一把草籽
在雨中把它洒了
于是
一转眼就收获了大片的青草
生生不息

我就在这里
淡淡地工作
淡淡地生活
淡淡地学习
我的精神家园里
繁星满天
鲜花遍野
鱼儿游澈
鸟儿飞翔

沁园春·家乡

家乡景色，
魂牵梦绕，
肠思心想。
赶道路千里，
熙熙攘攘；
心里万年，
坦坦荡荡。
背井离乡，
踌躇志满，
欲创基业报亲乡。

待时日，
盼万紫千红，
涌泉相报。
世界如此炫目，
盼过往才俊争向往。
赞淳朴民风，
劳苦不辞；
叹莘莘学子，
艰辛未尝。
数以百计，
好高骛远，
仅觉天上馅饼掉。
阅中外，
数卓越领袖，
无不坚强。

家乡，家乡

踏家乡之热土，

登万丈之高峰，

眺辽阔之田野，

享天地之灵气，

聚万千之嘱咐，

现最初之梦想。

家乡，家乡，

淳朴之民情，

纯净之心灵。

魂牵之梦绕，

思念之绵长。

家乡风

青山绿水鸟雀鸣
左唱右和乡邻音
最想最念梦中景
最甜最美家乡风

家乡夏夜

夜幕降临兮
凉风习习

露天乘凉兮
星空依依

拉扯家常兮
幸福溢溢

虫蛙奏乐兮
和谐喜喜

春节·回家

春节
是上苍送给我们的彩礼

回家
是我们送给亲人的彩礼

回家
我们赶道路千里
只为父母脸上绽放的笑容

回家
你们围绕着锅台
只为儿女嘴里品尝的美食

回家
你们手捧着奖状
只为大家心里殷切的期望

春节·回家
亲情·绵长

礼 花

彩珠声声入云霄，
欲与星星试比高。
年味正浓全家欢，
礼花奏乐财门关。
辞旧迎新蜕旧冬，
欢天喜地创乾坤。

虞美人·贺新年

"小"龙金尾迎新春,

"龙"舞马欢腾。

"祝"平安健康一生,

"您"必家庭幸福事业兴。

"新"年新象礼花响,

"年"胜一年强。

"快"马加鞭齐欢畅,

"乐"享人生快乐幸福长。

变与不变

变即是不变,
不变即是变。
谁将得乎?
谁将失乎?
无欲则刚!

黑·白

黑色就一定是黑色吗

看淡一些

它就成了灰色

再看淡一些

它就成了白色

再加上一些色素

它就成了色彩斑斓

白色就一定是白色吗

有人会加上色素

让它变得五光十色

有人却将它投上污渍

让它变得千疮百孔

龙儿相信

世间有pure relations（纯洁的关系）

因为关系的沧桑才是正道

世间有pure friendship（纯洁的友情）

因为朋友的怒气只为在乎

世间有pure love（纯洁的爱情）

因为恋人的眼泪只为更爱

说一声抱歉又何妨

道一声感谢又何难

退一步海阔又天空

何必为了所谓的自尊

却给自己断肠的忧怨

努力不为好强

只为认真对待

坚守不为好胜

只为不留遗憾

黑非黑

白非白

你选择什么

你得到什么

懂或不懂

懂或不懂
我就在这里
从未离开

懂或不懂
我还会哭泣
只因在乎

懂或不懂
我全力以赴
但求归属

我们的世界
有着太多太多交集
却意味着两端遥远的延伸
原以为言弃是解脱
却不料是心痛的洗礼
彼此向交集靠近吧
珍重 珍惜
不要让心放飞太远
再努力也看不见它的回眸

动·静

身欲静

心却动

时眼眸飞扬

时眉黛轻蹙

感儿女情长

叹中华文字

风　云

迟迟睡去
早早醒来
默默心伤

来得太快
措手不及
是石破天惊的惊喜
走得太快
始料不及
是无法挽回的悔意

独屹窗前
风急风缓
云卷云舒
才下眉头
又上心头

晴好之天
云淡风轻
混浊之日
云去风狂
奈何乎
奈何乎
换一行清泪深埋心底

上帝赐的窗

泪离离
满脸颊
叹汝何以为家

声窃窃
绕耳畔
言汝四海为家

笑盈盈
溢心间
知彩虹满天下

缘来是喜
缘散是盼
瞧啊
那一扇上帝赐的窗

感谢你

爸爸妈妈
感谢你们让我懂得珍惜生命
因为是你们含辛茹苦把我养大

亲人们
感谢你们让我懂得尊老爱幼
因为是你们的爱时刻围绕着我

师长们
感谢你们让我懂得学海无穷
因为是你们的精神时刻鼓励着我

朋友们
感谢你们让我懂得关心别人
因为是你们用真心时刻惦记着我

还有一些人
既是我们的朋友
又有着特殊的身份

同学
谢谢你的鼓励
也许你不知道曾经因为你的一句话
让我信心倍至

同事

谢谢你的协助

也许你不知道曾经因为你的一点拨

让我排除万难

上司

谢谢你的信任

也许你不知道曾经因为你的一个笑容

让我阳光明媚

客户

谢谢你的支持

也许你不知道曾经因为你的一个电话

让我无限温暖

对手

谢谢你的激励

也许你不知道曾经因为你的一个举动

让我越挫越勇

还有一些人

也许我们只有一面之缘

再见面也许变得陌生

但是曾经却给了我温暖的瞬间

……

每一个日子
我都有一个习惯
晚上想一想白天遇到的人和事
真的非常感谢你们
是你们让我知道生命是如此多姿
双手合十
祝福你们
永远幸福安康

很多事

很多事

我不是不介意

只是介意得比别人少

很多事

我不是不考虑

只是考虑得比别人多

很多事

我不是不在乎

只是在乎得比别人细

很多事

默默放在心里

或者这样更开阔一些

梦乡里

有一望无垠的草地

绿油油的

绿中带着黄的、红的、紫的

许多细小的花

真的让人陶醉

空气如此的清新

一袭白裙

微闭双眼

浅浅酒窝
甜甜笑容
张开双臂
拥抱蓝天

今天是什么日子

今天
如果你把它当作最后一天
在目前这种环境的最后一天
无论是生活中还是工作中

那么
你是否停住脚步
环视着一切
发现
周围的风景是如此优美
周围的环境是如此温馨
周围的人们是如此可爱

你不舍了吗
你难过了吗
你后悔了吗
我想肯定是的
你的泪眼婆娑诠释了这一切

你肯定会问自己这样一些问题
为什么我不好好工作
为什么我不好好生活
为什么我不好好对待身边的每个人
为什么我不好好珍惜眼前的这个人

是啊

为什么呢

人总是要在失去的时候才知道珍惜吗

你在沉思中爆发了

还好是假设

我还有的是机会不是吗

好好工作

好好学习

好好生活

好好对待每一个人

芸芸众生

悲欢离合

这是最普通的事情了

也许这真的就是最后一天

那么我们更应该要好好珍惜它

来吧

朋友们

昨天已过去

明天太遥远

让我们

手牵手

肩并肩

Smile 对 smile

共创美好今天

我究竟是个什么样的人

朋友说

我是一个美丽的人

我不知是否

因为我偶尔看到自己是那么的沧桑

朋友说

我是一个上进的人

我不知是否

因为我也会时常偷懒着跟别人闲聊

朋友说

我是一个坚强的人

我不知是否

因为我也会趴在办公桌上泪流满面

朋友说

我是一个执着的人

我不知是否

因为我也会在自己的信念面前动摇

朋友说

我是一个能干的人

我不知是否

因为我深深地知道自己的很多不足

朋友说

我是一个真诚的人

我不知是否

因为偶尔我也会说着善意的谎言

朋友说了很多很多

我能感觉到他们的真诚

不是恭维的话语

但是我却不知是否

就像照着镜子

看到的还是反着的自己

但是我能肯定的是

我对生活是热情的

我对朋友是真诚的

我对工作是负责的

我时常

我时常
翻看过去的日记
是为确认曾经的际遇

我时常
回望过去的道路
是为见证曾经的足迹

我时常
反思过去的事迹
是为总结曾经的努力

我时常
体会过去的情形
是为升华曾经的思想

我时常
回忆过往的身影
是为留存彼此间难修的缘分

古有勾践
卧薪尝胆
只为匡复越国

今有龙儿

忆苦思甜

只为感恩周遭

不让贫穷带走尊严

不让浮华流失纯净

无欲则刚

脚踏绿地

头顶蓝天

微垂眼眸

张开双臂

拥抱阳光

乐享生命

你或许

可以因为年轻而锐利

你或许

可以因为才干而清高

你或许

可以因为不喜欢而不接受

你或许

可以因为不习惯而不高兴

但是

世俗就在那里

不来不去

不为任何人所转移

倒不如

品一杯茶

品到无味

听一首歌

听到无韵
看一本书
看到无字
爱一个人
爱到无心

无欲则刚

做一个恬静的女子

听着柔柔的音乐

品着家乡的茶

看着喜欢的书

远离的是城市的喧嚣

避开的是夏日的酷暑

收获的却是心灵的纯净

这是我喜欢的生活状态

突忆起多年前

背着军绿色的画板

没有一袭长裙

却有披肩的长发

铅笔行走于白纸

快乐洋溢到全身

如歌如梦的岁月

却终是敌不过现实

当老师和学长争相看录取榜时

我却悄然地离开了那个城市

手虽泡着机油

但别人总好奇我描眉的手

为何优美得如同雕琢艺术

我莞尔一笑

那曾经是我美丽的梦

痛了很久便不再痛

生活如艺术

一份淡然的心态

一种积极的追求

一个坚定的信念

做一个恬静的女子

上善若水厚德载物

不期而遇

一种迷人的旋律
总在不经意间
不期而遇

所有细胞
都被激活
只需要短短的几秒

音乐
与人一样
有灵魂

不期而遇
只是因为在人群多听了一耳
再也没能忘掉它的旋律
梦想着偶然能有一天再相见
从此我开始孤单思念

Don't you like you?
Cause I like you.

第七部分　五彩斑斓生活篇

271

一个画面

一个画面
期待已久
陪我从年少走到了如今
虽然只是在梦境

穿着平底的白板鞋
拖着过膝的素长裙
背着休闲的大背包
身边也许还有个他
行走着
驻足于碧海蓝天
驻足于青山秀水
驻足于亭台楼阁
驻足于旭日炊烟
享受着宁静
隔离着喧嚣
或是
架起画板
调好水墨
在纸上绽放我心中的美景
或是
打开电脑
敲击键盘
在网页记录我过往的经历

一个画面

向往很久

我知道它正向我靠近

就像以往的期待

背着书包穿梭于高校

真真实实在努力中触摸

你也走近了

越来越近

总是在此时

总是在此时
习惯打开你们的空间
品读你们的文字
品味你们的生活
感受着你们的感受
也只有在此时
夜阑人静
放下工作
放下学习
放下喧嚣的一切
才能
认真地
仔细地
真诚地
进行这种无语的交流
已然够了
让我知道你们的一切
不管是快乐与悲伤
都是生活赋予你们的精彩

在此时
惦记着你们
好幸福
一起精彩吧

晨

旭日朦胧升，
晨练苍穹下。
湖面倒靓影，
雨露满枝丫。
鼻漫春泥味，
脚踏万里达。

美·三人行

红橙黄绿青蓝紫，
花草树木天地人。
细嗅四处皆风景，
寻美何必牡丹亭。
一草一木一世界，
三生三世三人行。

陌生·熟悉

曾跟朋友说

陌生的城市

已对我造成不了陌生的感觉

就这么执着地认为着

北京 南京

上海 厦门

广州 深圳

武汉 长沙

苏州 青岛

……

走着 看着

好像真的不曾感觉到陌生

今天

无锡

一个去过几次的城市

一个只有20元高铁费用距离的城市

陌生迎面袭来

黑暗的夜将这种感觉渲染得更浓

我冲进KFC

因为只有这里充满着熟悉的气息

一样的店面

一样的服务

一样的味道

捧着热气腾腾的汉堡
终于有了一些温暖的安全感

整理思绪
我推翻了我原来的想法
没有陌生感的不是城市
而是因为我身边的人
亲人 爱人 友人
有他们的陪伴才不陌生
感恩 珍惜

怦然心动

让人怦然心动的人
是那清新纯净的笑容
是那心有灵犀的眼神
是那严谨求实的态度
是那海纳百川的胸怀

让人怦然心动的物
是那智慧深远的书本
是那清香淡雅的笔迹
是那功能丰富的电脑
是那共享无界的网络

让人怦然心动的事
是那冷静沉着的思考
是那豁然开朗的顿悟
是那有始有终的执着
是那合作共赢的气魄

怦然心动每一天

品　雪

几天来
干燥的土地
丝毫看不出
前几日白雪来过的痕迹
虽然是暖暖的太阳
但有些想念
那洁白无瑕的美丽
虽然曾给我带来寒冷的痛

从理发店出来
我侧低着头
用手指摸摸刚刚补好营养的头发
柔柔的
是我喜欢的感觉
纵使别人疯狂地变换着自己的发型
或大卷或小卷
或长发或短发
或染着各种时尚的颜色
数不尽的妖娆
但是
我仍旧坚持着自己
一头乌黑顺直的头发
我要做的
只是给它补充营养

让它在这干燥的季节

维持着自己的本色

手指头滑过

突然感受到一点点凉意

抬眼一望

是久违了几天的雪花

满是惊喜

雪

瑞雪不嫌迟，
春来正及时。
树木银妆饰，
来日花满枝。

云 海

晴空万里
云天相接
这是一幅神奇的画面
像是皑皑白雪覆盖的山脉
像是暖暖棉花遍布的田地
这是一种神奇的感觉
夏天你能感觉到它的凉爽
冬天你能感觉到它的温暖

倚窗而望
视线滑过长长的机翼
停留在蓝白相接间
不忍离去
这是大自然的完美之作
突然脑海中冒出一个词
云海
这才是你的名字

云海
帅气而包容
俊俏而浪漫
华美而自然
已然存在于众多作家的笔下
只是不曾想
它已在这个时刻
让我经历过
让我属于过

人间四月天

千里探春绿当时
万里飘香花满枝
唯羡花海双手牵
最美人间四月天

最美莫过人间四月天

四月天
迈着轻快的脚步
与冬天告别
轻轻地绽放在泥土上

四月天
披着碧绿的盛装
与春天相拥
柔柔地沐浴在阳光里

四月天
舞着曼妙的身姿
与雨露亲吻
生生不息在希望中

四月天
美丽的承载
希望的传递
婷婷而来
最美莫过人间四月天

早　安

晨曦雾朦胧，
倚窗见清影。
笑颜梦阑珊，
道声君早安。

与风共舞

与天对望
与风共舞
你吹动我的长发
我拨动你的琴弦

在此时

在此时
我已隔离外界所有的诱惑
我承认摇摆过
毕竟它是那么色彩斑斓

在此时
我正坚守自身毕生的梦想
我承认很困难
毕竟它是那么任重道远

在此时
我坚信因果
我现今的果
早已在过往的因中冥冥注定

在此时
我相信希望
当我砌好每一块砖时
眼中浮现的是一望无际的美好城市

再踏北京

满腔激情
再踏北京

清华园内
学子之心
校训校园校友
自强不息
厚德载物
清华三宝铭记于心

全聚德
东来顺
海底捞
俏江南
或是那驴肉火烧儿
悠悠美食
何以忘怀

天安门
国旗升
注目行礼四海人
仪仗队
齐步走
万千车辆齐让行

壮哉

爱我中华

前门路

黄包车

大碗儿茶

天桥绝技

叫好声声

好一个上下五千年

百达翡丽

苹果

爱马仕

阿玛尼

……

万千品牌

群英汇集

好一个国际化的京城

爱我北京

爱我中华

时间是什么

时间是什么
时间是筛子

有时
筛去了容颜
留下了气质
一抬眼发现到某些人璀璨依旧

有时
筛去了气质
留下了"容颜"
一抬眼也发现到某些人光彩不复

有时
筛去了沙子
留下了金子
一对视感觉到某些人卓越超凡

有时
筛去了金子
留下了沙子
一对视也感觉到某些人不过如此

有时
筛去了虚伪
留下了真诚
一较真辨别到某些人从未走远

有时
筛去了真诚
留下了虚伪
一较真也辩别到某些人从未走近

有时
筛去了奢华
留下了简洁
一接触感受到某些人吐气如兰

有时
筛去了简洁
留下了奢华
一接触也感受到某些人势利横天

有时
筛去了浮燥
留下了淡定
一远眺体会到某些人万古常青

有时
筛去了淡定
留下了浮燥
一远眺也体会到某些人急功近利

时间是筛子吗
不是
我们的心灵才是
筛去该筛去的
留下该留下的

痛断肠

纵有千般郁，
何抵万重缘。
踌躇分伯仲，
忠孝俩难全。
举杯空对月，
何处话忧伤。
自饮辛酸泪，
谁知痛断肠。

夏天的脚步

夏天的脚步

是那莲花一朵朵

是那蛙声一片片

是那雷雨一阵阵

是那热浪一股股

辛勤的人们

释放着热情

熙熙攘攘

忙忙碌碌

勤勤恳恳

兢兢业业

跟着夏天的脚步

一起起舞

舞来一个硕果累累的秋季

舞出一个绚丽多彩的年华

我不是药神

真真假假，
假假真真。
情情法法，
法法情情。

人善则心善，
法外人有情。
国强则民强，
民拥法自行。

我不是药神，
我们的国才是。
有国才有家，
佑幸福你我他。

岁月的脚步

岁月的脚步
如此匆忙
总是在彼此的忙碌中
悄然离去

直到
看到往日的相片
那一刻已经定格
定格在那一刻的每一个表情里
精确到分钟的时间
一点一滴侵蚀着我的心灵
痛楚一阵一阵袭来
我才发现
岁月的脚步那么清晰

岁月的脚步
如此清晰
总是在我们的经历中
擦身而过

直到
昨天在一起的你我
今日却相隔千里
泰戈尔说

这是世界上最遥远的距离

我才发现

岁月的脚步那么无情

岁月的脚步

如此无情

总是在我们的快乐中

突然来袭

直到

白雪染满了母亲的黑发

皱纹爬遍了父亲的脸庞

老龄亲人的辞世

我才发现

岁月的脚步那么短暂

岁月的脚步

如此短暂

总在我们的忽视中

偷偷溜走

直到

自己的日记慢慢积累

一页一页翻去

数字逐渐升级

对于你我都是如此

我才发现

岁月的脚步如此公平

岁月的脚步
如此公平
对你对我对他
匆忙而清晰
无情而短暂
珍惜当下
善待周遭
全心全意做好每件事
全心全意过好每一天

赏景·悟道

——写于2016年登大明山点将台

不登高峰

休得美景

不惧足下

方得千里

赏苍穹之美景

悟天下之得失

深圳行

深圳
爱情萌芽的地方
在朝霞落日中
有你我十指相扣的双手
如影随形 温暖无比

深圳
友情诞生的地方
在人来人往中
有我们共同守护的情谊
互帮互助 坚定不移

深圳
梦想起航的地方
在斗转星移中
有大家坚韧不拔的意志
厚积薄发 自强自立

深圳
奇迹发生的地方
在分分秒秒中
有众生辛勤耕耘的果实
绵绵不绝 生生不息

跬步千里，
聚沙成塔。

星　辰

文 / 止戈

遥远的星辰，
它不属于大海，
它回归浩瀚宇宙，
让人无尽遐思和追忆；

遥远的星辰，
它反射太阳光，
它一闪一闪微笑，
让夜不再孤独和害怕；

遥远的星辰，
如有那样一天，
它拥抱汹涌大海，
让海水浸洗它的尘埃；

遥远的星辰，
带着我的故事，
它是精神的宝盒，
让记忆永远流传心田。

遥远的星辰，
若看到它之后，
你又会想到什么？
放慢些脚步用心丈量。

成　长

文 / 止戈

成长，

在岁月里尽情折腾！

成长，

陪他一起慢慢长大！

成长，

陪她一起慢慢变老！

成长，

感恩父母无私大爱！

成长，

和高手成为好朋友！

成长，

不再拒绝压力挑战！

成长，

丰满且深厚的经验！

成长，

春夏秋冬周而复始！

止　戈

本名 陈亮亮

1985年出生于江苏盐城

2013年至今：服务于上汽大众汽车有限公司

2010年—2013年：同济大学经济与管理学院
企业管理专业学习（获硕士学位）

2005年—2009年：江西财经大学工商学院人
力资源管理专业学习（获学士学位）

研究领域：《孙子兵法》与商海故事

作品：

中国大学慕课《制胜：一部孙子傲商海》主
讲人之一

第八部分　千祥云集赏析篇

成长，

历练过后去伪存真！

成长，

让故事精彩到极致！

成长，

雕刻精品惊天动地！

成长，

痛了之后仍然坚持！

成长，

成功失败淡定从容！

成长，

不断突破人生极限！

成长，

致努力成长的人们！

立 春

文 / 止戈

一年之计在于春，
一生之计在于勤。

读书之道在积累，
阅尽千本面貌改。

阅人之道在时间，
日久方会见人心。

实践之道在于繁，
投身于大量实战。

创作之道在于严，
日复一日不停息。

经典之道在于专，
咬定青山不放松。

奋斗之道在希望，
希望灯塔闪闪亮。

梦想之道在于信，
先相信后才看见。

第八部分　千祥云集赏析篇

夫妻之道在于让，
你让我让家业旺。

育儿之道在于行，
虎父怎会有犬子。

生命之道在奉献，
大量付出价值显。

健康之道在运动，
运动起来一身轻。

命运之道在于运，
好运多了改变命。

仪式之道在氛围，
热热闹闹记忆新。

冬未去春已来到，
寒风正吹创作时，
大雪向阴尚未融。

春天万物在复苏，
生机勃勃阳气足，
人们更是向阳光！

感恩过去的自己，
下一个春夏秋冬，
加速和时间赛跑。

撇捺人生

文 / 止戈

今偶遇经典对联，
便记下以细品味：

若不撇开终是苦；
各自捺住即成名。

赐笔小注吾感悟：
人自古一撇一捺。

撇开了人不会苦，
捺住了才能成名。

尽全力就不会悔，
舍弃了才会得到。

蹲下才能再站起，
低头才能再抬头。

撇开来方有甘甜，
坚持到底能见月。

泛 舟

文 / 于邦志

水中青山水中天，
雾里层峦雾里仙。
闲倚扁舟听清浪，
浊酒一杯付悠然。

于邦志

ETC俱乐部 法律顾问

EMN企业管理 高级顾问

1980年生，山东烟台人，法学硕士，毕业于
山东大学、湖南大学，现任江苏欣博律师事
务所合同部和企业风控部主任。

孤独与繁华

文 / 于邦志

夜幕低窗一豆明，
寂寥苍穹一孤星。
世人皆知桂冠荣，
哪问十载苦寒灯。
繁华落尽高处寒，
四顾无言影独伴，
世间连体两兄弟，
孤独繁华常相拥。

一转身

文 / 于邦志

时间啊
慢点儿吧
再慢点儿吧

太多时候
我们来不及
相聚与诉说

那就让我们
有时间
挥挥手
好好道个别
也好

更多时候
一转身
竟然
就是一辈子

点滴颂

文 / 于邦志

纸薄如纱，
字遒似麻。
日复一码，
月厚一沓。
蜀道数登，
江海溪淙。
跬步千里，
聚沙成塔。

欣 闻

——写于2018年9月17日，欣闻我国《关于实施中华优秀传统文化传承发展工程的意见》出台

文／陈玉祥

欣闻意见始出台，
喜得百姓笑开颜；
英明国策面未来，
复兴文化指日待。

陈玉祥

　　工商管理硕士，文艺青年加斜杠青年，致力于传统文化的传承发展事业而乐此不疲。现为某世界500强企业高管，实战经验和理论知识颇丰，引导式培训专家，擅长领域宽泛，尤其在企业管理咨询方面有较深造诣。

值九一八国耻日有感

文 / 陈玉祥

八十七年弹指间,

柳条湖案犹在眼;

九一八耻引以鉴,

后事之师敢为先。

登大明山·抒怀

文 / 陈玉祥

云雾大明山，秋水小溪潺；
清净无我眼，雄峙浙皖间；
君临点将台，御笔峰回转；
朱眠石依然，英雄言同瞻。

游子他乡逢中秋

文 / 陈玉祥

恰是一年中秋至，
敢问何以寄相思；
欲言又止泪不已，
劝君明日还桑梓。

思　念

文／丁晓宇

我对你的思念充满春意
前面是
波涛翻滚的大海
背后是
展开一片绿色的原野
寂静的云影下面
你的微笑有如鸟群翩飞

我对你的思念从无静止
有如月之升起
掠过一层层的树枝
你从我的心灵走出
沿着记忆以焕发的容光照亮周围

我对你的思念重返真实
在有塔的山上
细雨朦胧中的缄默
为倾心而永久等待
既无意
也未曾示意

想家的时候

文 / 丁晓宇

想家的时候
月亮总是半圆半缺的
想家的时候
有一种带泥土气息的乡愁
缠绵
乡愁是庄户人家的炊烟
是士兵心中的梦痕

一种熟稔的乡音
陪我的相思踏上归途
由远及近，如绵绵的山路
夕阳下，父亲和老牛
站在冬日的田野上
等待春天

想家的时候
最难熬的是黄昏
总有一些流星坠落天空
一如母亲依门盼儿的泪

海训随感（节选）

文 / 丁晓宇

窗外听风雨，

残屋不耐寒。

胸怀男儿志，

扶摇上九天。

丁晓宇

上海精智实业股份有限公司 政治工作部主任，

战略决策委员会委员、秘书处秘书，军官校内

训讲师

EMN企业管理 高级顾问

ETC俱乐部上海站 副会长

企业人力资源管理师（二级）

同济大学MBA

国防大学政治学院军队政治工作学硕士

原大连陆军学院军事指挥学学士

海军军医大学原党委秘书（海军中校）

蝶恋花·贺上海精智中标

——贺上海精智中标江铃重汽发动机项目自动化装备生产线改造项目

文 / 丁晓宇

智能制造竞相俏，处处风光，怎似精智好。
集团作战技术耀，大快人心传捷报。
改革转型走正道，惊雷阵阵，决战争分秒。
实业报国梦未了，青山不老我敢老？

一舟　一世　一城

人的心是一座城，
有时热闹繁华，
有时空无一物；
那些行色匆匆的人，总是来了又走，
是你，
只有你，
仍然守在这里。

你执着地要随我穿越城市边缘，
去往那片不知名的空寂庭院；
我记得你，
你低下头的时候柔情似水。
这一路从人潮汹涌到荒无人烟，
你是温存的少年，也是沉默的船帆；
我认识你，
你抬起头的时候黄沙漫天。
他们说远方太远，远到已不能回头是岸，
而你说远方再远，远不过一株沉香一抹烟。

可是我们心里有一座城，

它是一座邪马台，

一座庞贝，

一座亚特兰蒂斯；

我们守护着它，像一株沉香树，

释放着也许不浓烈，却永恒不散的气息。

不着世间如莲华，常善入于空寂行。

潮打空城寂寞回，远山一黛共白头。

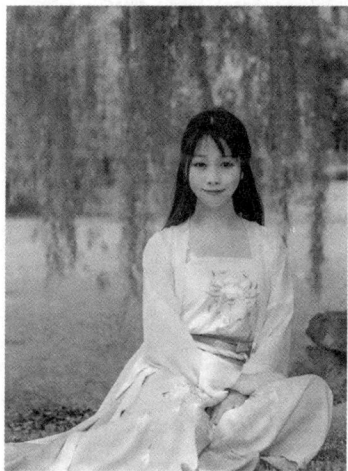

吴伟唯

　　传统文化老师，茶艺师，香道师。

　　一介女子，性情温和。来自烟花扬州，生于杏月初五，一树梅花香满梢之际。现居江南，偏爱素衣青衫。兴致肆意时，会散落长发于陌生街头走走停停，享灯火阑珊。最喜暮色四合里，在文字里沉醉不醒。

　　期待用琴书画，茶香花等为载体，弘扬中华文化，传播中国智慧。

温暖与你

文 / 李连志

微风轻轻吹过你的头发
阳光刚好洒在你的脸上
蝴蝶在浅草寻觅的起舞
鸟儿在枝头双双把歌唱
蓝天白云下的你格外美
天空的玫瑰只为有你现
一眼之念愿永得一人心
一念执着与之白头偕老
拥挤的人群布满了虚伪
何必去辩解与随波逐流
想带你去旅行远走高飞
和你一起这世界有多美

秋意浓

文 / 李连志

落叶飘零蝶舞

秋风瑟瑟伴随

细水缓缓流淌

青蛙低吟浅唱

昨夜风起寒意

梦中顿时醒来

缓步走向窗前

安静伫立远望

星空繁星点点

思绪随风飘扬

……

李连志

　　出生于1998年10月31日，目前是一名在校的大二学生。他来自云南省文山州富宁县，是中国少数民族里人数最多的壮族，曾在学校的新媒体报纸期刊上发表过多篇散文，是学校新媒体部门的撰稿人之一，获得过学校奖学金和助学金，及优秀团员、优秀班干部的荣誉。

　　作者言：我家在云南的一个偏远地区，在云南与广西的交界处，这个地方的经济条件是比较差的，所以每年父母都不得不外出打工补贴家用，所以我从小只能跟爷爷奶奶长大。由于家庭原因和环境所迫，我从三年级开始就学做生意，一直到初高中都是利用业余时间做生意给自己赚生活费和零用钱，减轻家里的负担。

建　树

文 / 李连志

贫苦出身遭耻笑
成长旅途多坎坷
我境由我不由天
求人不如求自己
莫笑人穷志不穷
雄心决心待业成
李杜诗篇成经典
踏遍祖国近半身
连等花开终有落
你奈人生能几何
志高凌云翼展飞
天空深海任我行
鹏程万里会有时
待我归来锦衣还
建成事业把境改
树人名言向我学

龙吟凤鸣文集

324

种 子

文 / 张慧婷

太阳的光芒
是种子

种在草坪的怀里
能长出碧绿
衬托阳光底下的世界

种在湖水的心里
能发出亮光
一闪一闪地
照亮天空

我们
也是种子
种在学校的心里
能散发活力
装扮着整个校园

张慧婷

出生于2007年7月6日，目前是一名小学生。在校任少先队大队长、班长、学校小记者，曾在校级刊物上发表多篇文章。

后记：诗即生活，生活即诗

因为——

一些人，

一些事，

一个个场面，

一处处景色，

我们笑了，我们哭了；

我们怒了，我们乐了；

我们陶醉了，我们悲伤了；

我们爆发了，我们隐忍了；

······

诗歌由此而生！

与生活同在，与生命同在。

没错，

诗即生活，生活即诗。

感谢您，也恭喜您看到了本书的最后一节，从您读本书的那一刻起，咱们之间的缘分就开启了。我知道，您一定非常热爱诗歌，您一定也非常热爱生活，因为诗即生活，生活即诗。我坚信，咱们之间的缘分会继续前行，因为只要生活在继续，诗歌就不会停止，缘分就不会断线。

我热爱生活、热爱诗歌、热爱交友，期待在未来的路上，有您一路同行，共赏天下美景、共探人间真理、共谱真挚诗文。